神奈川県警「ヲタク」担当
細川春菜2　湯煙の蹉跌

鳴 神 響 一

幻冬舎文庫

神奈川県警「ヲタク」担当 細川春菜 2

湯煙の蹉跌

目次

第一章　マーベラスなヲタク

1

火曜日。細川春菜は鞄の中身が憂うつだった。

今日は焼き鮭の弁当を持って来た。

いつも弁当は自分の席でこっそり食べることにしている。健康とお財布を考えて外食はなるべく減らすようにしている。

春菜は昨日も自席で弁当を食べた。

昨日の朝は少しだけ寝坊した。

あわてて炊飯器から弁当箱にご飯を詰め込み、海苔だんだんを作った。

まわりには桜でんぶを散らした。

昼食時間帯に何本も問い合わせの電話が入ったので、弁当のふたを開けるのがすっかり遅くなってしまった。

さぁ、食べようとしたところに、同僚たちが帰ってきた。

まだ一二時三〇分をまわったところなのに、なんて早いご帰還だろう。

「マーベラス！　うちの春菜ちゃんの弁当を見てん」

イタチ男が奇妙な声で叫んだ。

大友正繁（おおともまさしげ）巡査部長。工学系の学者担当だ。

「どれどれ。おお、なんと！　これはマーク・ロスコではないですか」

キツネ男が大げさに仰（の）け反（ぞ）った。

尼子隆久（あまごたかひさ）巡査部長は人文・社会学系の学者担当だ。

「さすがは我が専門捜査支援班きっての才媛のことだけはありますねぇ」

タヌキ男がのんびりした声で言った。

葛西信史（かさいのぶふみ）巡査部長。理・医・薬学系の学者と医師等の担当だ。

「これこそ『オールオーバー』の体現。画面に中心がなく、地と図の区別がない！」

大友は指をパチンと鳴らした。

「海苔とご飯と桜でんぶによる『無題　１９６７』とは恐れ入りましたなぁ」

葛西はスマホの画面に浮かび出た一枚の画像を見せた。

（似てる……）

たしかに配色はそっくりだ。

「いったいマーク・ロスコって何者ですか？」

ことさらぶっきらぼうに春菜は訊いた。

「またぁ、とぼけちゃってぇ。抽象表現主義（アブストラクト・エクスプレッショニズム）の代表的な画家を知らないふりとは、またまたご冗談がきつい」

尼子がニヤニヤした。

すっかり食欲をなくしてしまった。

彼らのからかいは日常茶飯事である。

慣れてきたとは言え、弁当で芸術談義は予想がつかなかった。

今日の鮭弁当はなんと言われるだろう。

ピカソ飯ですとか言い返そうか。

明日は絵の具を詰めた弁当でも作ってきて、三人に食べさせてやろうか。

刑事部捜査指揮・支援センター専門捜査支援班は、各分野で専門知識を持っている専門家から、捜査の参考になる専門知識を収集するセクションだった。

赤松班長を含むほかの四人は、各分野の学者や研究者、医師などに専門知識を提供してもらうことが職務だった。いままで本部刑事部の各課や捜査本部、所轄刑事課などで個別に問い合わせていた内容をまとめて照会しているのである。

そのなかで春菜が担当している登録捜査協力員はちょっと毛色が違った。

警察の捜査に協力してくれる神奈川県民に、あらかじめ登録してもらっておく。専門捜査支援班で必要と判断したときに、捜査協力員が持つ広範な知識から情報を収集する。

だが、捜査協力員の実態は、各分野のヲタクだった。

ヲタクたちを担当しているのは春菜ひとりである。

学者相手のほかの四人と違って、刑事部各課からの問い合わせに答えるために、春菜が出張して直接捜査協力員と会わなければならない機会は少なかった。ほとんどの場合は電話で済む内容で、残りの時間は補助的業務が中心だった。四人の収集してきた専門情報を各課に送るための事務的な仕事が多かった。

そのとき、専門捜査支援班の島に、紙袋を手にして足早に歩み寄ってくる男の姿が目に入った。

長身でがっしりしたツイードのジャケット姿は、捜査一課強行七係主任の浅野康長警部補だ。

救いの神の登場だ。

春菜はホッと胸をなで下ろした。

「浅野さん、お疲れさまです」

春菜は康長に明るく声を掛けた。

「おう、元気そうだな」

康長は笑顔を浮かべて太い声で快活に答えた。

ほかのメンバーはまちまちに頭を下げて、いちようにＰＣの画面に目を落とした。

浅野は赤松班長の机につかつかと近づいていった。

「あのさ、細川をちょっと借りていいか？」

「もちろんですよ、いつでもお貸しします」

上機嫌な声で赤松班長は答えた。

犬猫ではないのだから、貸し借りとは失礼な話だ。

だが、正直言って、春菜は専門捜査支援班の同僚たちと一緒にいるより、康長と仕事をしていたほうがずっと気が楽だった。

階級は同じ警部補だが、康長は赤松班長の加賀町署時代の先輩とのことだ。どういう関係だったのかは知らないが、赤松は康長にはとても恭敬な態度をとっている。

「細川、この前の部屋、空いてるかな？」

「はい、調べてきます。班長、小会議室使っていいですよね？」

「どこの部屋でもどうぞ」

赤松班長は愛想よく答えた。

春菜は登録捜査協力員の名簿をデスクから取ると、いそいそと立ち上がった。

赴任直後に、康長からの依頼で鉄道マニア殺人事件の捜査の支援をした。

異動初日の四月一日に康長がやって来たときに事件の概要を話してくれたのが、このフロアの小会議室だった。

小会議室が空いていたので、春菜は康長を案内した。

会議用テーブルがふたつ隣り合わせに並べてあって、六脚のパイプ椅子があるだけの殺風景な部屋だった。

「ほら、これ」

康長は手にしていた紙袋のなかから緑茶のペットボトルを二本取り出してテーブルの上にとんと置いた。

「え？　ありがとうございます」

「俺はこの階の茶は美味(うま)いと思うんだけど、細川の口には合わないみたいだからな」

康長は浅黒い四角い顔でにっと笑った。

「すいません気を遣ってもらっちゃって」

春菜は恐縮して頭を下げた。

三月まで春菜は江の島署の生活安全課防犯少年三課に在籍していた。

異動して県警本部刑事総務課の広いフロアやたくさんの警察官の忙しげに働くようすに感動したが、ここの日本茶のまずさに恐れ入った。どこかの干し草を煮出したもののようにさえ思えた。

前回の事件のときに、康長に対してここのお茶の愚痴を言った覚えがあった。

豪放磊落(らいらく)な容貌だが、康長には繊細なところがあることに春菜は気づいていた。

「ひと口やれよ」

康長の言葉に誘われるように春菜はペットボトルのお茶に口をつけた。

お茶を飲み始めた康長は、ボトルをテーブルに置くと、ゆっくりと口を開いた。

「俺な、昨日からある捜査本部に引っ張られてな……」

なんだか不満そうな顔つきである。

康長は刑事畑一筋のベテランだけにつまらない事件では物足りないのかもしれない。

「どんな事件なんですか」

「殺しだよ」

春菜は意外の感を持った。

「殺人事件なら、相手にとって不足はないのではありませんか？」

「それがさ、死体が発見されたのは、今年の二月三日なんだよ」

康長は渋い顔で答えた。

「なるほど、二ヶ月以上経ってますね」

康長が不満そうな顔をしている理由が春菜にはわかった。

「初動捜査も含めてだいたい三週間から一ヶ月が一期だ。これを過ぎるとたいてい、事件は長期化する。迷宮入りってのも珍しくなくなる。一方で捜査員は四分の三に減らされる。今回の事件は二期を過ぎたんで捜査員は当初の半分になった。ところが、この四月一日で捜一から所轄に異動しちゃったヤツが何人かいる。その穴埋めに俺が引っ張られたんだ。もはや捜査幹部もほとんど顔を出すことはなくて管理官が仕切っている。士気は下がっているし、捜査本部に活気がなくてな。緊張感が足りないんで俺としては実につまらんのだよ」

ため息混じりに康長は言った。

康長らしいなと、春菜は微笑みを浮かべて訊いた。

こう見えて康長はこころの奥底に熱い情熱をたぎらせている刑事である。そのことは、先日、一緒に関わった事件で知った。

「捜査本部ではどんなポジションなんですか」

「例によって予備班さ」

本部の主任や所轄の係長といった警部補クラスは、捜査本部では予備班に編入されることが多いそうだ。

予備班は捜査本部長や捜査主任などの捜査幹部の補助が役割のポジションだ。だが、捜査幹部が捜査本部に臨席することは少なく、かなりの範囲で自由に動けるようだ。

「で、どうしてわたしのところへお見えなのですか？」

「細川は温泉旅館の娘だったよな」

予想もしなかった言葉が出てきた。

「ええ、富山県砺波（となみ）市の庄川（しょうがわ）温泉郷にあるつぶれそうな旅館が実家です」

卑下しているのではなかった。

父も母も額に汗して一所懸命働いているが、実家の旅館はいつも綱渡りのような経営状態だ。

「今回の事件は温泉旅館で起きたんだよ」

「どこですか？　県内っていうと、ダントツなのが箱根、湯河原ですね。厚木市にも七沢（ななさわ）温泉とかいくつかありますよね。ほかにもあると思いますけど……」

温泉旅館での殺人事件となると、さすがに他人（ひと）ごとではない。春菜は身を乗り出して訊いた。

「まさにそのダントツな箱根だ」

「へぇ、箱根には、いくつも温泉が点在していますし、たくさんの旅館がありますよね。どこなんですか？」

春菜は気負い込んで問いを重ねた。

湯本温泉、小涌谷（こわくだに）温泉、強羅（ごうら）温泉……まだまだたくさんの温泉があったはずだ。

康長はちょっと苦笑してゆっくりと口を開いた。

「仙石原（せんごくばら）温泉だ。まずは事件の概要を聞いてくれ」

「お願いします」

うなずいて康長は紙袋から緑色の樹脂表紙のＡ４判ファイルを取り出してテーブルの上で開いた。

春菜は康長の横に立ってファイルを覗き込んだ。

「これがガイシャの田丸昌志（たまるまさし）さんだ」

提示されたのはウェブサイトからのプリントアウトらしき写真だった。

ひとりの若い男がシャンブレーシャツ姿で微笑んでいる。

ホームベース形の輪郭にまるっこい鼻とちょっと厚めの唇。

クリッとした目の表情は明るい感じだった。

どことなく野暮ったい雰囲気もあるが、ブオトコではない。人がよさそうでもあった。

「田丸さんは相模原市に住んでいたフリーのトラベルライターだ。年齢は三二歳。雑誌やウェブの情報サイトを中心に記事を投稿して生活していた。取材対象は国内で日本全国を駆け回っていた。テレビ番組にリポーターとして出演した経験もあるそうだ」

春菜は見たことのない顔だった。

リポーターとしては、それほど有名ではないのだろう。

もっとも春菜がテレビを見る時間は毎日一時間に満たないのだが。

「さっきも言ったが事件が発生したのは、今年の二月三日だ。現場となったのは、足柄下郡箱根町仙石原の椿家という温泉旅館だ。住所は仙石原だが、大涌谷を見おろす山の上でね」

「どんな事件だったんですか」

「この椿家の施設内で田丸さんが死体で発見されたんだ」

康長はファイルのページをめくった。

片ページに二万五〇〇〇分の一の地図のコピーと、もう片方にグーグルアースの航空写真のコピーがファイルされている。

「両方のコピーに赤いマークがついている場所が現場だ」

「なるほど強羅温泉から姥子温泉を経由して湖尻に向かう途中の山の上ですか」

春菜は地図上の地名を拾いながら答えた。

実は箱根の地理はあまりよくわかってはいない。

「そうだ、県道734号線という夜間の通行量が非常に少ない道路沿いにある。宿から一〇〇メートルほど仙石原方向に進んだところだ」

康長はページをめくった。

砂利敷きで車が二台ほど駐められる駐車場とその横に建つ小さな木造の建物の写真が二枚現れた。

建物には「椿家　貸切露天風呂」と書かれた木の看板が出ている。

「この建物のなかで死体が発見された」

「なるほど、このパターンの脱衣小屋ですか」

宿から離れた貸切風呂の脱衣小屋として、たまに見かけるようなタイプだった。

変わっているのは、次に写っている階段通路だった。

「ここから七〇段ほどの階段通路を下りたところに展望露天風呂があるんだ」

「谷あいの景色を望む露天風呂なんですね」

「その通りだ。崖上で眺望絶佳だ」

「いいですねぇ。そんなお風呂がうちの実家にもあれば、お客さん増えるんですけどねぇ」

つい詠嘆するような声が出てしまった。

「なにを感心してんだ」

康長はあきれ声を出した。

「すみません、殺人の現場でした」

春菜は照れ笑いを浮かべた。

「この脱衣小屋内の脱衣室で二月三日の朝、田丸さんが死亡しているのが発見された」

康長はまじめな顔に戻ってページをめくった。

「これが死体が発見された現場だ」

康長はページを進めた。

脱衣小屋の広さは六畳くらいだろうか。ウッディな室内の床に、遺体の位置を示すチョークマークや、A、B、Cなどの鑑識標識板が置かれている。

チョークマークのかたちを見ると、遺体は両手両脚を開いた体勢で死んでいたようだ。

「死因はいったいなんですか？」

春菜の問いに康長は唇を突き出してから口を開いた。

「それが実に奇妙な話でね」

「奇妙なといいますと？」

「まず、田丸さんは裸で凍死していたんだ」

春菜は自分の耳を疑って訊き返した。

「え？　裸ですか……」

「そうだ、パンツ一枚はいていなかった」

「入浴時の姿なわけですね……」

春菜の声はかすれた。

「うん、発見時に死体は少し濡れていた」

「でも、箱根で凍死なんてあるんですか」

不思議に思って春菜は訊いた。

富山の二月なら、その状況でも凍死するかもしれない。

「現場は一〇〇〇メートルを超える標高で、当夜は冬型の気圧配置でよく晴れて、現場付近の気温はマイナス一二度以下まで下がっていた」

予想外の答えだった。

「うわっ、そんなに寒いんですか」

自宅のある瀬谷駅から富士山と一緒に見える大山は標高一二〇〇メートルちょっとであるが、冬場はよく雪をかぶっている。あの八合目くらいの標高と考えれば納得できる。

「そうだ。家庭用冷凍庫が、だいたいマイナス一八度だから、裸でいれば数時間で凍死する。身体に傷などはなく、検視と司法解剖の結果、凍死で間違いないそうだ」

「遺体に傷などはないんですね」

「両の拳に打撲痕がある以外に目立った傷はない。鮮紅色の死斑、身体に凍傷している部位があること、鵞皮形成といって立毛筋の寒冷収縮と死後硬直による鳥肌が見られること、陰嚢と陰茎に収縮が見られること、あるいは左右心臓血の色調差などから凍死で間違いないとのことだ。死亡時刻は二月三日の午前三時頃と推察されるとのことだ」

「夜明け前がいちばん気温が下がりますからね」

「裸だったことには法医学的に説明がつくそうだ」

「え、そうなんですか？」

春菜の声は裏返った。

「過去に服を身につけない状態で凍死していた事例は四〇件近く確認されているそうだ」

「なんで寒いのに服を脱ぐんですか？」

「矛盾脱衣というんだが、体温が一定以下に下がると、人間はなんとか自分の体温が低下するのを阻止しようとするメカニズムが働くのだそうだ。皮膚や血管を収縮させて身体から熱が逃げてゆくのを防ぐんだな。そのとき体温と体感温度に差が生ずると、極寒でも暑い場所にいるように錯覚してしまうんだ」

「で、結果として服を脱いでしまうわけですね」

「そういうことだ。ちなみに、田丸さんの衣服は、遺体の周囲にバラバラに散らばっていた。本人が持ち込んだハンドタオルも落ちていた」

「この鑑識標識板がその位置なんですね」

康長はうなずいて言葉を続けた。

「両拳の打撲痕から考えると、木扉を内側から叩いて開けようとしたのではないかと思量される。なんらかの理由で田丸さんは、この脱衣小屋に閉じ込められている間に凍死したのかもしれないが……」

自信なさげに康長は言葉を濁らせた。

「違うんですか？」

「そもそも、木扉は外からは施錠できるが、室内からつまみひとつで解錠できる。ほかに開口部としては窓が二箇所あるが、道路に面しているところだから、防犯上の必要性もあって格子が設置されていた。これらの窓の錠は開いていたが、格子のために屋外へ出ることはできない。いずれにせよ、いまも言ったように入口の錠は室内から簡単に開けられるんだ」

「それなのに、脱衣室のなかで凍死していた……」

春菜にはわけがわからなかった。

「ちなみに脱衣室内の電灯とエアコンは電源が入っていない状態だった。さらに外の駐車場には田丸さんのクルマが駐まったままになっていた。田丸さんのクルマは軽自動車のジムニーなんだが、このジムニーのキーや、財布、スマホは脱衣室の棚に残されていた」

「謎ですね。たとえば、なんらかの原因で入口の鍵が開かなくなってしまったとしても、スマホで救助を求めたらよかったわけですよね」

「その通りだ。スマホも解析が済んでいるが、田丸さんが現場に到着した午後七時以降は発信着信を含めて使用した履歴はなかった。とにかく謎だらけの現場なんだよ」

「宿の人は朝まで気づかなかったんですか」

これも不思議だった。

「この椿家は、三年くらい前から宿泊をやめて、日帰り入浴と昼食の提供だけの営業に切り替えた」

「ああ、それはわかります。ふとんを提供したり、部屋の掃除をしたりする手間やコストは想像以上に大きいんですよ。日帰りだけに切り替えてゆく宿は増えています。とても淋しいことですが、温泉旅館の経営者は高齢化が進んでいますし、従業員の確保は困難になっています。いまは体力的にも厳しい旅館の従業員募集に若い人は来てくれません。外国人労働者の方を雇用する宿も多いと聞きます。従業員の確保が難しく、経営者が高齢のために廃業してしまう温泉旅館は珍しくありません」

春菜はこのあたりの事情には詳しい。

「細川の実家も従業員不足に悩んでいるのか」

「うちの実家は、わたしが子どもの頃から勤めてくれている七〇代の従業員が三人います。でも、この方たちが引退したらどうなることやら……」

「ふうん、やっぱりどこも大変なんだな……」

「古くからやっている小規模の旅館はどこも似たような状況だと思いますよ。秘湯の宿として、人気の高い旅館さんは別として……。だから、宿泊をやめてしまう旅館は少なくありません。お客さまをひと晩お預かりするのはとても大変なことですから」

「たしかに、客の身体生命を預かるんだからなぁ」

「過去にも宿泊客のタバコの不始末などで大惨事になった温泉旅館もあります。宿側の人間、とくに経営者はお客さまがいらっしゃる限り毎晩緊張しているのです。だから、宿泊の仕事がなくなると、旅館側の精神的負担もすごく少なくなるのです」

自分の言葉にあまりに熱が籠もっていることに気づいて春菜はちょっと恥ずかしくなった。温泉旅館のことになると、つい力が入ってしまう。

「細川が女将になりゃいいんじゃないか。若い美人女将で人気が出るかもしれないぞ」

康長はニヤニヤしている。本気で言っているわけではないのだろう。

「わたしは警察官になりたかったし、両親はわたしが後を継ぐことを望んでいませんでした。実は三つ下の弟がいますが、富山県庁に勤めています。両親ともうちの旅館の将来に不安を感じているのです。二人ともまだ六〇を過ぎたところなんでバリバリやってますが、もっと年をとったら廃業するしかないかもしれません」

言葉にしているうちに春菜は淋しくなってきた。

康長は顔つきをあらためて説明を続けた。

「さて、椿家は、かつては週末などは十数室の客室がいつも埋まっていたそうだ。だが、現在はとても宿泊客をまわしてゆくだけの人手がないため、予約客オンリーの食事提供のみに留めている。この宿の経営者も七〇代と高齢なんだが、住み込みの従業員はいない。食事提供は午後三時ラストオーダーで終わらせて、通いの従業員は午後八時には帰宅する。その後、早番の従業員が朝七時に出勤してくるまでは、老夫婦しかいないそうだ。それで、貸切露天風呂の使用時間は朝九時から夜八時までなんだが、夜間は清掃やチェックなどをせず、翌朝、出勤してきた従業員が清掃作業に入る。この男性従業員が死体を発見した」

「ちょっと不用心ですね」

「老夫婦なので、夜間のチェックはきついみたいだ。だが、事件当夜も最終的に鍵は経営者が施錠を確認している」

「どういうことですか？」

意味がわからなかった。老夫婦は露天風呂にチェックには行っていないのではないだろうか。

「この脱衣小屋の鍵はふつうのメカニカルキーで外から開閉できると同時に、ネットを介してスマホやスマートスピーカーからの指示で遠隔操作できるんだ」

「そんな鍵があるんですか」

「スマートロックというんだが、それほどのコストは掛からずに導入できるらしい。で、当夜も経営者が七時三五分にはスマホからの操作で脱衣小屋の施錠をチェックしている」

「なるほど、いまは便利なものがあるんですね」

「料金はフロントで前払いとなっている。その際に脱衣小屋の鍵を貸し出すんだな。宿の玄関の近くにフロントを通さずに外側から返せる鍵の返却ポストがあって、利用客はそこに鍵を戻す。このかたちで三年間、何ら問題がなかったとのことだ」

「二月三日はどうだったんですか？」

「三日は死体が発見された日なので、正確には二日の日曜日だな。二日の晩は七時から終了時刻の八時まで田丸さんが予約していた。田丸さんはフロントに七時少し前に現れて料金を支払って風呂へ向かった。七時半頃にメカニカルキーはポストに戻っていたので、経営者の老夫婦は安心してスマホで施錠を確認してから就寝したそうだ」

「え……鍵は無事に返っていたのですか」

春菜はまたも驚いた。

「殺人事件と判断されたのはその鍵の返却のためだ。仮に田丸さんがなんらかの理由で脱衣小屋に閉じ込められて凍死したとする。とくに不審な点は二つある。第一に脱衣小屋の木扉の錠は室内から簡単に開けられるということだ。だが、それ以上におかしいのは脱衣小屋のメカニカルキーが八時前に返却ポストに戻っていた事実だ」

「鍵が一人で一〇〇メートルを歩いて宿へ戻るはずはありませんからね」

つまらないギャグを言ってしまったが、春菜は不思議でならなかった。

「捜査本部は二月五日に小田原署に立った」

「あ、内田さんの所轄ですね」

前回の事件で、小田原署強行犯係の内田刑事には世話になった。

丸顔の人のよさそうな三〇代半ばくらいの、いが栗頭を思い出した。

「内田さんと一緒に仕事してるよ。彼は地取り中心に動いている」

「いい人でしたね」

事件に関連した幼女の死に思い入れていた姿が蘇った。

「そうだな、彼は刑事には珍しい好人物だな。だが、地取りのほうは場所が場所だけに何の成果も上がっていない。この旅館はほかの宿から相当に離れている。当夜、不審な人物を目撃したという証言は得られていない。はるか遠くの強羅温泉や湖尻地区には防犯カメラがあって、県道734号線に入っていったクルマやバイクは何台か記録されている。しかし、現在のところ不審な車輛の記録は見つかっていない」

康長は渋い顔つきで言ってペットボトルの中身を飲み干した。

「鑑取りはどうですか？」

「繰り返しになるが、田丸さんの本業はトラベルライターだ。仕事関係のトラブルはいまのところ見つかっていない。一方で、田丸さんは大変な温泉ヲタクだったんだ。全国の秘湯を廻ってそのリポートをYouTubeや自分のブログなどにアップすることが生き甲斐だったようだ。両方ともかなりの視聴・アクセス回数を稼いでいて、アフィリエイト収入もそこそこあったようだ。まぁ、一種の温泉インフルエンサーだな。また、温泉関連のコミュニティでは有名人でもあった。だけどね、その周辺で今回の事件の犯人と疑わしい人物は一人も浮上していない。独身で肉親は岐阜県の飛驒市在住の両親と兄だ」

「つまり地取りも鑑取りも成果なしということですね」

「そうだ、二ヶ月間、捜査員たちは懸命に動き回った。だが、これといった有力情報は得られずに、三期に入ってしまったわけだ。捜査本部の士気はだだ下がりだよ」

さえない顔つきで康長は説明を終えた。

「それで、浅野さんはどうしてわたしのところに見えたんですか？」

春菜は最初と同じ質問を繰り返した。

「単刀直入に訊こう。今回の事件の全容を聞いて、温泉旅館の娘としてなにか気づいたことはないか」

予想もしなかった質問だ。

「そんな無理ですよ。いくら温泉旅館の娘だといっても……」

春菜がとまどいの声を上げると、康長はにやりと笑った。

「もちろん、簡単に答えがもらえるはずはないのはわかっている。これを見てくれ」

康長はファイルのページをめくった。

小ぶりのダイアリを開いた写真だった。左のページに「トマユ」と三文字が記されている。

「なんですかトマユって？」

「俺はネットで散々調べたがわからない。実はこのダイアリには日付はバラバラなんだが、何度もトマユという言葉が書き残されている」

「トマユですか？　トマムではなく？」

トマムは北海道の富良野（ふらの）の南の占冠村（しむかっぷ）にある地名で、大型リゾートがあることで有名だ。

「ああ、トマユだ。彼が温泉インフルエンサーであったことからトマユの『ユ』はお湯の『湯』を意味するのではないかと捜査本部では考えている。だとすれば、トマは北海道の苫（とま）小牧（こまい）の『苫』の文字とも考えられる」

「苫って、たしかムシロのことですよね」

「そうだ、菅（すげ）や茅（かや）などの草を粗く編んだムシロだ。むかしは小屋や船などを覆って雨露をしのぐために使ったそうだ。いまならブルーシートの役割だな」

「見たことないです」

「実は俺も見たことがない……苫小牧市に苫の湯という銭湯があるが、こちらはまったく無関係であることがわかった。捜査本部でどんなに探しても苫湯（とまゆ）という温泉や地名は見つからない。俺はまずはこのトマユの解明から始めたいんだ。それで……」

康長は春菜の目をじっと見つめて言葉を継いだ。

「温泉ヲタクの登録捜査協力員の協力を得たい」

　これが康長の訪問の真の目的だったのだ。

「温泉ヲタクじゃなくて温泉分野の登録捜査協力員ですよね」

　春菜はいちおう聞き咎めたが、康長は無視した。

「この前の事件では鉄チャンのおかげで事件が解決したじゃないか」

「たしかにそうですね」

　赴任早々に関わった鉄道ファン殺人事件では、たしかに鉄道ヲタクの協力員から得た情報が事件の解決に非常に役に立った。とくにひとりの若い協力員の情報がアリバイを崩すことにつながった。

「俺はこの登録捜査協力員の制度に期待してんだ。温泉ヲタクだって絶対役に立つさ」

「班長の許可を得なきゃ」

「赤松か。事後承諾でいいよ」

「そうはいきませんよ」

「わかった」

　康長は立ち上がって部屋の隅にある電話機の受話器を手に取った。

「浅野だが、赤松班長を……赤松か、いま詳しい事情を話したんだが、小田原署に捜査本部が立ってる殺人事件の関係で数日間、細川を借りたい。で、温泉関係の登録捜査協力員のところを一緒に廻りたいんだ。いいな」

赤松班長は即答したらしい。

たしかにいま、春菜はなんの事件も抱えていなかった。

「ちょっと名簿見てみますね」

春菜もペットボトルのお茶を飲み干して、A4判の青い樹脂表紙のファイルを開いた。

《アイドル》《アニメ・マンガ》《海の動物》《温泉》《カメラ・写真》《ゲーム》《建築物》

《昆虫》《コンピュータ》《自動車》《植物》《鳥類》《鉄道》《特撮》《バイク》《哺乳類一般》

《歴史》

ほかにもまだまだある。この名簿を開くと、春菜は一瞬だけ眩暈(めまい)を感ずる。

インデックスのなかから《温泉》のページを開いた。

相良頼和(さがらよりかず)、村上顕行(むらかみあきゆき)、永井直人(ながいなおと)。

温泉分野の登録捜査協力員は以上の三名だった。名簿にはメモ欄があるが、今回も空白だった。

雀の涙の報酬しか支給されず、限りなくボランティアに近い仕事なので応募が少ないと、赤松班長から聞いている。

名簿には氏名のほかに、生年月日、住所と電話番号、職業が書いてある。

職業欄には、団体職員、教員、会社員とあった。

登録捜査協力員の資格は一八歳以上なのだが、前回の事件の時に生年月日の誤記があってあたふたした。今回は電話で協力依頼をする際にきちんと確認しよう。

「捜査協力員の皆さんに電話掛けてみます」

春菜は三人に電話を掛けた。

村上を除く二人はほどなくつながったが、二人とも今日は予定が入っているので、明日会う約束になった。

「そんなわけで、今日はどの捜査協力員さんにも会えません」

「そうか……じゃ、現場に行ってみないか」

「もちろん、現場は見てみたいです」

警察官としてはもちろんだが、その展望露天風呂というのをこの目で見てみたかった。

それ以前に、温泉旅館の娘でありながら、春菜は神奈川県を代表する箱根温泉には行ったことがなかった。

「俺もまだ、この目で見てはいないからな。クルマが手配できるか訊いてみる」

康長はどこかへ電話を掛けた。

「ラッキーだ。使えるクルマがあるよ。すぐに出かけよう」

「わかりました」

ふたりは小会議室を出た。

春菜のこころはちょっと弾んでいた。

ペットボトルをゴミ箱に捨てると、春菜は専門捜査支援班の島に戻った。

すでに尼子と葛西の姿はなかった。

それぞれに担当する学者のもとへ出かけたのだろう。

赤松と大友のふたりがＰＣに向かって書類作成をしていた。

「赤松、今日は登録捜査協力員と会えないんで、箱根の現場に行ってくる」

康長の言葉に顔を上げた赤松班長は不可思議な笑いを浮かべた。

「おやおや、おふたりで温泉旅行ですか」

「馬鹿野郎、温泉に入りに行くわけじゃない。俺も現場見てないし、これからの捜査のために細川に現場を見せておきたいんだ」

康長は苦々しい顔つきで答えた。

「冗談ですよ。どうぞご自由にお使いください」

赤松班長はへらへらと笑った。

「あら、浅野さん、箱根の温泉にいらっしゃるんですか？」

大友が身を乗り出して訊いてきた。

「ああ、二月三日に起きた殺人事件の捜査で、仙石原温泉の貸切露天風呂の現場に行ってくるんだ」

康長の言葉に大友は目を輝かせた。

「へぇ、仙石原のどのあたりです？」

「ほら、このあたりだよ」

手にしたファイルを康長が開いて見せると、大友はじっと覗き込んだ。

「班長、あたくしもですね、捜一さんの捜査に協力したいんですが」

大友はもみ手をしながら赤松班長に頼んだ。

「なんだと？」

赤松班長は、けげんな声を出した。

「今日は、横須賀の湘南国際大学理工学部の龍造寺(りゅうぞうじ)教授のところに電気工学関係のお話を伺いに行く予定だったんですよ。けれどね、博士先生が風邪引いちゃって三八度の熱を出されましてね、急にキャンセルになっちゃったんですよ。週末頃にまた伺うアポはとったんですが、とにかく一日のスケジュールがブロークンになっちゃいましてねぇ」

大友はねっとりとした調子で説明した。

「書類が溜まってるんだろ？」

赤松は意地の悪い調子で訊いた。

この班の仕事は書類作成量がやたらに多いのは事実だ。

「まぁ、そうなんですが……そっちのほうはなんとかなりますです。はい」

大友は赤松班長の顔を覗き込むようにして答えた。

「浅野さん、どうですか？　お連れになるのは細川一人でたくさんでしょ？」

赤松班長は康長に断らせたいようだった。

「どうせなら、大友にも来てもらうか。工学系につよいんだろ？　俺や細川じゃ見落とすことにも気づくかもしれんからな」

康長はあっさり同行を認めてしまった。

「浅野さんがああおっしゃってる。お役に立てるよう、しっかり現場観察してこい」

あきらめ顔で赤松班長は大友の願いを聞き入れた。

「ありがとうございますん」

大友は奇妙な声で叫んだ。

2

春菜たちは県警本部の駐車場を九時半過ぎに出た。

銀色の地味なライトバンで、無線機は積まれているものの、一見して警察車輛とはわからないクルマだった。

大友は運転に自信がないというし、春菜もペーパードライバーに近かったので、ステアリングは康長が握った。

春菜は助手席に座り、大友は後部座席を占領していた。

「浅野さん、本件の捜査資料を見たいんですが……」

大友が遠慮がちに康長の背中に声を掛けた。

「そこにファイルが置いてあるからしっかり見とけ」

康長の言葉に大友は緑色の樹脂表紙のA４判ファイルを手に取ってひろげた。

大友は時々うなり声を上げながら、ファイルに見入っていた。

春菜は事件の概要を康長から聞いていたが、とつぜんこの箱根行きに参加した大友は知らないのだから当然だろう。

みなとみらい出入口から横羽線に乗り、たくさんのバイパスや自動車専用道路を乗り継いで、小田原厚木道路から西湘バイパスの箱根口ICで下りた。小田原箱根道路と国道1号線を走って箱根小涌園（こわきえん）から県道734号線に入った頃には、一〇時四〇分くらいになっていた。

この県道は強羅温泉のいくつかの落ち着いた雰囲気を持った宿の間を走り抜けてゆく。対向車も少なくはなく、康長が話していた非常に交通量の少ないという夜間とは雰囲気が違うようだった。

小田原厚木道路に入ってから小涌園のあたりまで、居眠りをしていた大友が、むくっと起き上がった。

「いやいやいや、こうして素敵な旅館が並んでいる強羅などを通りますと、胸が躍りますですねぇ」

大友ははしゃぎ声を出した。

「もしかして大友さんは温泉好きなんですか？」

春菜は振り返って訊いた。

「そうですよん。あたくしはね、温泉に入ってるときがいちばん幸せなんですよ」

うっとりとした顔で大友は答えた。

大友が見かけによらぬ趣味を持つことに、春菜は驚きかつ嬉しくなった。

「わたしの実家、温泉旅館なんですよ」

温泉旅館の娘としては、温泉好きは基本的に大歓迎だ。

「マーベラス！　知りませんでした。どちらの温泉かしら」

大げさに大友は仰け反った。

「富山県の庄川温泉郷です」

「あら、いいですねぇ。鮎料理が食べられましょう」

「ええ、実家でも鮎料理をお出ししてますし、鮎料理屋さんも何軒かあります」

「庄川温泉郷から少し奥に大牧（おおまき）温泉観光旅館というのがありましょう？」

「ええ、船でしか行けない温泉ですね」

大牧温泉観光旅館は小牧（こまき）ダム近くの小牧港から庄川峡遊覧船に乗って三〇分ほど庄川を遡ったところにある秘湯の宿である。宿泊客はほかに辿り着く手段はない。

庄川のゆったりとした流れに大きな和風旅館が身を乗り出すように影を映している姿は独特の日本情緒を持っている。

海外からの観光客も多く、テレビや映画のロケなどにも何度も使われてきた。

男女別の露天風呂のほかに、内湯を持つ大型の宿だった。砺波地方を代表する温泉旅館と呼んでも差し支えない。

仕事に就いてから三年目の夏に帰省したとき、春菜は高岡高校時代の友人たちと泊まりで女子会をやったことがある。

友人たちは大満足だったが、あまりに小さい舟戸屋（ふなどや）の将来が春菜は不安になったものだった。

「あたくしはあちらが大好きでしてね、両三度は行っとりますよ」

うっとりと大友は目を閉じた。

「あんなに大きくも有名でもないですけどね」

「いつかは細川屋さんにも行ってみたいわん」

「あの……うちは舟戸屋っていうんです」

「舟戸屋さんね。覚えましたよん。近いうちに泊まりに行こうかしら」

「つぶれないうちに来てください」

大友は一瞬うっと言葉を詰まらせたが、引きつった笑いを浮かべた。

「またまたご冗談を」

「はい、冗談です」

大友はかくんと身体をゆらした。

「庄川温泉郷は宿が点在しているんですが、舟戸公園の近くで、まぁ中心のほうの川沿いです」

「あらぁ、宿が点在してるなんて、なんて砺波平野らしいんでしょ。散居村みたいねぇ」

やはりいろいろな知識を持っている男だ。

「俺はさ、細川を除いて専門捜査支援班の連中はみんな知識ヲタクかと思ってた」

康長が背中で言った。

内心で「賛成！」と叫びたかったが、グッとこらえた。

「大友は温泉ヲタクじゃねぇか」

おもしろそうに康長は続けた。

「あらあら、ヲタクなんてことありませんのよ」

大友は顔の前で大きく手を振った。

「そうかぁ？」

「ただの温泉ファンですよ」

ほほほと大友は笑った。

「その温泉ファンの大友に訊くが、箱根ってのはいったいいくつの温泉があるんだ？」

康長も知らないのだろう。春菜も興味があった。

「江戸時代から箱根七湯と呼ばれたのは湯本、塔之沢、堂ヶ島、宮ノ下、底倉、木賀、芦之湯の七つの温泉です。現在ではさらに一〇湯を加えて箱根一七湯と呼ばれています」

「一七湯だって！　そんなにあるのか」

康長の背中が驚きに揺れた。

「まぁ、ほかの温泉から引湯している温泉地もありますが……小田原に近いほうから、まずは大規模旅館が建ち並ぶ箱根最古の湯本温泉とすぐ近くの塔之沢温泉です。大平台、宮ノ下、堂ヶ島、木賀、底倉、小涌谷と続きます。宮ノ下温泉には本館が登録有形文化財に指定されている富士屋ホテルがあることでも知られています」

「さっき通ってきましたね。あのホテル、すごいです！」

威厳ある和洋折衷の壮麗な建物だ。青銅葺きと本瓦を載せた屋根と赤い欄干を持ち、西洋風のガラス窓が並ぶ独特の雰囲気はほかでは見たことがない。

「明治一一年創業で、各国の外交官や王侯貴族も宿泊しました。チャールズ・チャップリンやヘレン・ケラー、ジョン・レノンとオノ・ヨーコ、夏目漱石や三島由紀夫などの有名人も泊まっている歴史ある温泉旅館です。まぁ、基本はベッドだし、食事はフランス料理だから旅館というよりホテルなんですが」

「あんなクラシックホテル、一度は泊まってみたいなぁ」

どんなに素敵な夜が過ごせるだろうか。

「あら、ご一緒しましょうか？」

もちろん冗談なのだろう。

どだい大友という男は初対面のときから本気か冗談かわからぬ喋り方をする男だった。

「い、いや……けっこうです」

大友は含み笑いを浮かべた。

「それからここ強羅温泉。箱根登山鉄道の終着駅であり、大涌谷近くの早雲山に向かう箱根登山ケーブルカーの始発駅でもあります。開湯は明治中期ですが、名旅館やグルメ旅館が多いエリアですね。山向こうには宮城野温泉があります。強羅温泉はとにかく泉質の豊富さに定評があります」

「なるほど、そいつはいいな」

康長は素直に感心している。

「さらに今回の目的地である仙石原温泉です。八代将軍徳川吉宗の時代に大涌谷から引湯されて開湯しました」

「吉宗っていうと暴れん坊将軍か」

「ええ、あの人です。現在ではすぐ近くの姥子温泉から引湯している宿もあります。さらに芦ノ湖周辺には芦之湯、湯ノ花沢、蛸川、芦ノ湖温泉と続きます。芦之湯温泉は全国的に珍しい弱アルカリ性の硫黄泉で、箱根ではここだけです」

「珍しい泉質なんですか」

「硫黄泉っていうのは全国にたくさんあるけど、ほとんどは酸性だからね」

「ああ、草津とか万座とかもそうですね」

富山県には硫黄泉はそう多くはない。

春菜の実家、舟戸屋の泉質は、成分分析表ではカルシウム・マグネシウム・ナトリウム―炭酸水素塩・塩化物泉となっている。馴染みの深い旧泉質名では含食塩―重炭酸土類泉である。

「蛸川温泉は昭和六二年に噴出した一七湯でもっとも新しい温泉です。芦ノ湖温泉は山のホテルだけが源泉を持っていて、ほかの十数軒の宿は湯ノ花沢温泉から引湯して湖畔に建ち並んでいます」

「山のホテルってツツジが有名なんですよね。もうすぐシーズンじゃないですか。一度見てみたい」

「ええ、ゴールデンウィークあたりが見頃ですね」

「雪をかぶった富士山や、黄昏の芦ノ湖との取り合わせが見事なんですよね」

どこかのニュースサイトでそんな動画を見た覚えがあった。

「ご一緒しましょうか？」

ふたたびまじめな顔で大友は言った。

「い、いえ……」

「あら、湖が目の前のサロン・ド・テ　ロザージュっていうティーラウンジも素敵なんですよ。お茶ですよ、お茶だけ」

「はぁ、機会がありましたら……」

「富士屋ホテルもね、メインダイニングルーム・ザ・フジヤってレストランのフレンチが美味しいのよ。だからお誘いしたのよん」

大友は声を立てて笑った。

要するに春菜をからかっているのだ。

それにしても、大友はそんな場所に誰と行くのだろうか。

たしか独身だと聞いていたが……。

個人的興味はまったくないが、なんの気なしに訊いてみた。

「富士屋ホテルや山のホテルにはどなたとお出かけなんですか？」

「ひとりですよ。素敵な景色と美味しいお茶やお料理をゆっくり楽しむのにはひとりがいちばんよん」

平然と大友は答えた。

湖の美しいティーラウンジで、ちょっと髪の薄いこの三〇代半ばの男がひとりでお茶を飲んでいる姿を想像すると哀愁が漂う。

なんとなく気まずくなって、春菜は話題を変えた。

「ところで、強羅って不思議な名前ですね。日本語じゃないみたいです」

「そうでしょ。強羅の地名の由来はヘンなんですよ」

嬉しそうに大友は答えた。

「どんな由来なんですか」

「三つの説があります。ひとつ目は岩がゴロゴロしてるから、それが訛（なま）ってゴーラとなったという説」

「本当ですか」

「強羅ってのは早雲山の山裾にひろがっている岩石の堆積でつくられた土地ですからね。登山用語で大きな石や岩がゴロゴロとたくさんある場所をゴーロと称しますが、ゴローともゴーラとも呼んでいるのであながち間違いではないでしょう」

「ふたつ目は？」

「強羅のあたりは固い岩盤が多いんで、亀の甲羅に似てるからコーラが訛ってゴーラとなったという説です。三つ目はサンスクリット語で、ゴーラは石の地獄という意味だそうですね。ここから強羅と名づけられたという説」

「どれが正しいんでしょう？」

「さぁ、でも、サンスクリット語の地名は日本中にけっこうあるんですよ」

「え？　そうなんですか」

「たとえば世田谷区に用賀（ようが）っていう土地があるでしょ？」

「ええ、首都高の料金所のあるところですよね。渋滞情報でよくやってますよね」

「あれはね、鎌倉時代の初期にヨーガ道場があったのよ」

「そんな馬鹿な」

「いや本当なんだって。あの地は勢田郷（せたごう）といって世田谷の語源となっているエリアなんですよ。一二世紀には真言宗の瑜伽（ゆが）道場があったのよ。この瑜伽っていうのはサンスクリット語です。密教の修行法を意味するんですよ。ヨーガもこの修行の一環として行われるものなのね」

さらさらっと大友は説明した。

「やっぱり大友は知識ヲタクだ」

康長が背中で笑った。

そんな話をしているうちに、クルマは強羅温泉を抜けて、ワインディングの山道に入った。

エンジンの回転音が上がり、クルマは標高を稼いでゆく。

道路の両脇は萌え出た新緑の木々が目に痛いほどの鮮やかさで迫ってくる。

康長は運転が上手で、クルマの揺れは少しも不快ではなかった。

左手に砂防ダムらしきコンクリートの擁壁が現れた。

一部が赤茶けたさび色に染まって、鉄分の多い水が流れた痕とわかる。

「この左側が仙石原温泉にお湯を送っている大涌谷です。火口付近のいわゆる地獄の景色で有名ですよね」

大友は車窓を眺めながら言った。

黄色い硫黄色の谷がひろがっていて、あちこちから噴煙が上がっている迫力ある風景を、テレビでは何度か見たことがある。

火山活動がさかんになって、最近も一時期、立入ができなかったはずだ。

「ここからは何も見えませんね」

「ええ、現場を越えた二キロほど先で、この道が県道７３５号に変わる交差点がありましてね、そこから一キロほど入ったところが大涌谷の真ん中です」

とすると、間もなく現場なのだ。

春菜はこころが引き締まるのを感じた。

「おお、あれが椿家だな」

康長が前方を指さした。

右手の森に「椿家」と行書の達筆が黒漆で塗られた二メートルくらいの木製看板が見える。

かたわらには「御昼食・御入浴」という別の看板も立てられていた。

看板の隣は砂利敷きの駐車場だった。

道路からだと建物は屋根しか見えない。

康長は駐車場にクルマを乗り入れた。

「やっぱり空気が美味しい」

外へ出た春菜はのびをしながら小さく叫んだ。

まさに緑の風だ。新緑の林を縫って来た薫風(くんぷう)がさわやかに春菜を包んでいる。

もっともこのあたりは標高が高いせいか、まだ芽吹きはじめの木々が多い。

気温もクルマに乗った県警本部あたりよりは五度ほどは低いような気がする。

「いいですね、こういうぽつんとある温泉は」

大友はまわりを見まわして嬉しそうな声を出した。

「ふたりともお仕事に来たんだぞ」

康長は笑いながら、先に立って歩き始めた。

駐車場から五段の石段を上った高さに木造平屋建てのなかなか立派な建物があった。

春菜の実家の舟戸屋の倍近い規模はある旅館のように見える。

これくらいの規模だと宿泊客を迎え入れるためには、一〇人以上の従業員を要しよう。

小さい旅館には違いないが、外構は舟戸屋よりはるかに高級な雰囲気が漂っている。日帰り入浴のみの提供とするにはもったいない気がする。

建物のまわりには、宿の名の由来なのか、赤白のたくさんの椿が咲き乱れている。

玄関前は表面を荒く削って滑り止めとした御影石(みかげいし)の石畳になっていて落ち着いたたたずまいだった。

康長を先頭に、三人は建物のなかへ入った。

椿を描いた古めかしい衝立(ついたて)の向こうに帳場があるようだ。

「すみません」

康長が声を張ると、すぐに春菜よりもずっと若い小柄な女性が現れた。

黒白ボーダーのロンTにチノパンという姿だった。

建物から想像する和装でないことに春菜は驚いた。

「いらっしゃいませ。ご予約のお客さまですか」

ちょっとけげんな顔で女性は尋ねた。

この時間に予約は入っていないのかもしれない。

「お忙しいところすみません。神奈川県警刑事部の浅野と申します」

康長はゆっくりと警察手帳を提示して、明るい声で名乗った。

「ああ……あの事件の……ちょっとお待ちください」

女性は驚くようすもなく、奥へ引っ込んでいった。

二月からこの方、たくさんの捜査員がこの宿を訪れたのだろう。

すぐに七〇歳くらいの深緑色の着物を着た女性が現れた。

髪は真っ白だが鼻筋の通った品のよい顔つきで、若い頃はさぞかし美人だったと思われるような女性だった。

「ご苦労さまでございます。当館の女将土井和代（どいかずよ）でございます」

女将はわずかに微笑みを浮かべて頭を下げた。

「お忙しいところ、申し訳ございません。ちょっとお話を伺いたいのですが」

「これまでも何度もおまわりさんや刑事さんにお話ししましたが……」

とまどいの顔で女将は答えた。

こういう場合、市民がおまわりさんと称しているのは、交番や駐在所も含めた地域課の制服警官を指している。一方で、刑事は私服警官を指すわけだ。

刑事という言葉は通称であって正式な警察用語ではない。狭義には本部刑事部と所轄刑事課の私服捜査員を指している。康長もこの意味で刑事という言葉を使う。

私服を着ることが許される職員は規則で定められているが、刑事課にも捜査に直接携わらない私服警察官は多数存在する。現在の春菜の立場がそうだ。これらの刑事課職員は刑事と呼ぶべきかは疑問だ。

逆に刑事部の鑑識課員と所轄の鑑識係員は捜査に携わるが、基本的には現場作業服という制服を身につけて仕事をする。彼らを刑事に含めるべきとする考え方もある。

一方で、たとえば春菜の前の職のように、生活安全課の私服捜査員を刑事に含める考え方もある。だが、警備部に所属する公安関係の私服捜査員を刑事と呼ぶことはまずない。

通称だけに正式な概念はない。それにもかかわらず、市民に弱く知れ渡っている不思議な言葉である。

「もう一度、念のために伺いたいことが出て参りました」

「さようでございますか。それでは、お上がりくださいませ」

得心がいったようにうなずいて、並べてあるスリッパをかるく整えた。

自分の母親も同じ温泉旅館の女将であるわけだが、椿家の女将のような品格は少しもない。

やはり砺波の田舎宿と箱根では違うなと春菜は感じ入った。

もっともこんな丁寧な応対は、舟戸屋の客は喜ぶまい。

母の気さくな雰囲気を慕ってくれる常連客も多いのだ。

春菜たちは磨き込まれて焦げ茶色に光る敷台から上がった。

衝立の奥は二〇畳ほどのロビーになっていた。

雰囲気のある大きな木枠の和風ペンダントライトがいくつか下がって、あたたかい光で室内を照らしていた。

左手の奥には小さな帳場カウンターがあって、さっきのロンTの女性が立っていた。

日本旅館で帳場に立つのは経営者とその一族か、番頭・支配人といった格の人間である。

年は離れているが、彼女は女将の娘なのだろうか。

中央にはグレーの革張りソファセットが置いてあり、右手奥にとられた大きな窓からは外の林の新緑が望めた。

反対側の壁には椿を描いた三〇号ほどの日本画が銀色の額縁に入って飾ってある。

壁際の木組みの美しい物入れ棚の上には、信楽焼(しがらきやき)らしい侘(わ)びものの大ぶりの花入れに椿の花が生けてあった。

あたりにはほんのりと香の匂いが漂っている。

「お掛けになってくださいまし……ちょうどお客さまがない時間でしたので失礼しました」

女将の言葉に従って三人は四人掛けのソファに座った。

三人はそれぞれに名乗った。

さらに康長は名刺を差し出した。

「あらま、警部補さんなんですね」

女将は康長の顔を見て、感心したような声を出した。

「はぁ……本部だと下っ端なんですよ」

謙遜(けんそん)とは思えぬ康長の顔つきだった。

「こちらは、ずいぶんとお若い刑事さんなのね。学生さんみたいね」

春菜の顔を見ながら、女将はかるい驚きの声を上げた。

「まだペエペエです」

照れ笑いを浮かべながら春菜は答えた。

先ほどのボーダーTシャツの女性が、お茶と竹皮模様の紙に包まれた三角形のお菓子を持ってきた。

お菓子には「箱根強羅もち」と記されていた。

美味しそうだが、手をつけかねてそのままにした。

「どうぞごゆっくり」

若い女性は戻っていった。

「今日は主人が会合で夕方まで帰りませんので、わたくしがお答えするということでよろしゆうございますか」

「もちろんです。とても素敵なお宿ですね。日帰りだけではもったいないくらいです」

康長がロビーを見まわしてにこやかに言った。

「いえ、わたくしどもも年をとりましたんで、もう閉めてしまいたいと思っているんです」

「そんなもったいない」

「このあたりも下湯場(しもゆば)と呼ばれていた頃は、ちょっと上ったところにある上湯場(かみゆば)とあわせてもっとずっと大勢のお客さまが見えていて賑やかでした。ですが、強羅にも仙石原にも新しい旅館さんが増えて、すっかり寂れています。お隣の有名ホテルさんがやっていらっしゃる新しい高級宿は別ですが……。上湯場などはお宿がなくなってしまいまして」

女将は淋しそうに目を伏せた。

「なるほど、厳しい状況なのですね」

康長はしんみりとした声を出した。

箱根のように数え切れないほどの温泉旅館が建ち並んでいる地域では、さぞかし過当競争が厳しいことだろう。

「でも、うちの場合には、閉めるといっても古くからの常連のお客さまが許してくださらないんですよ」

「なるほど、常連さんが多いのですね」

「ええ、板前も四〇年と変わっておりませんので、せめてお湯と料理だけでもとおっしゃる方が多いのです」

女将はいくぶん得意そうに答えた。

「ご利用になる方は高齢の方が多いのですか？」

「はい、料金設定もお安くはしておりませんので、お若い方のご利用はほとんどありません。お若くても四〇代くらいから、おもに七〇代のお客さまにご利用頂いております」

とすれば、被害者の田丸昌志はとりわけ若い客ということになる。

「ちなみにどれくらいですか」

「会席のお料理が松竹梅とございまして、お風呂付きで一万円から三万円です。お風呂のみのご利用はあまりないのですが、内湯と外湯をどちらもご利用頂いて三千円となっております」

　思っていたより高い料金設定だった。

　舟戸屋では一万二千円から一万五千円で一泊二食付きだ。

「いや、わたしなどはとても利用できない高級なお宿ですね」

　康長は頭を掻いた。

　女将は黙って静かに笑った。

「やはりお客さんは、展望露天風呂がお目当てなんですか」

　ところが女将は首を横に振った。

「いえいえ、あちらはほとんどご利用になりませんね。いまも申しましたがご高齢のお客さまが多いので、皆さま内湯をご利用になります。内湯は総檜風呂で眺めもよろしいので、大変に人気がございます」

　意外な答えだった。

「そうでしたか」

「わたくしも主人もそうなのですが、ご高齢のお客さまには階段もきついのです。こちらの建物からも離れておりますので、わざわざ入りに行く方は一〇人にひとりくらいでしょうか。あのお風呂は亡くなった先代がまるで趣味で作ったようなものでして、地元の大工さんの手になりますのでとても素朴な造りでございますし」

女将は照れたように笑った。

なぜか大友の腰が落ち着かない。

「あの……浅野主任、あたくしちょっと先に現場を見てきたいのですが」

大友は康長の顔を下から覗き込むようにして言った。

「なんだと？」

「奥さんのお話を伺うのは主任と細川さんで問題ないでしょう。ちょっと現場観察をして写真も撮りたいんです」

「いいだろう。後からわたしたちも行く」

あっさり康長は認めた。

「了解です。ついでにちょっとお湯も確かめたいと思いますので……」

大友は照れ笑いを浮かべた。

つまり湯に入りたいという意味だろう。

もともとそれが目的で従いて来たわけだから、こんなことを言い出すと思っていた。

「確かめるだけだぞ」

康長だって、大友の魂胆はわかっているのだ。

だが、女将の前なので、あいまいな答えを返しているのだろう。

「奥さん、タオルなどお借りできますかね」

だが、大友は平気の平左だ。

「あのお風呂をご利用のお客さまにはバスタオルともどもお貸ししていますが……」

女将はとまどいの顔で答えた。

「あ、もちろん利用料金はお支払いしますので……」

「いえいえ、お仕事中の刑事さんからは頂戴できませんよ」

顔の前で女将は手を振った。

「そうだ、湯の状態などを確かめるのは仕事だが、入浴料を支払ったらレジャーになってしまうではないか」

康長はあきれ声で言った。

「まぁ、いちおうあたくしは日勤なんで一二時から四五分間は休憩時間なんですがね……じゃあまぁ、そういうことでズレ勤です……」

時計の針は一一時一五分を指していた。

「美和(みわ)ちゃん、ご入浴セットを三つお持ちしてちょうだい」

女将が奥へ声を掛けた。

「あ、わたしはけっこうです」

あわてて春菜は手を振った。

風呂に入りに来たわけではない。

「わたしも要りません」

康長も苦い顔をして断った。

「ご入浴セットひとつでいいわよ」

女将の声が消えぬうちに、美和ちゃんと呼ばれたさっきの女性が小さな丸っこい竹かごをひとつ持って来た。

「じゃあお借りします」

大友は美和から竹かごを受け取った。

「それからこちらが脱衣小屋の鍵です」

女将は一本の鍵を大友に渡そうとした。

「失礼、ちょっと拝見していいですか」

康長は女将から鍵を受け取った。

「なるほど、これだけ大きなキーホルダーが付けられていれば、失くなりませんね」

ハガキ大に近いタモ材かなにかの木札にチェーンが取り付けられてその先端に鍵があった。

木札には「椿家　貸切露天風呂」との文字が刻まれていた。

鍵自体はふつうの住宅用などと同じ、どこでも見るようなディスクタンブラー錠だった。

「ええ、一度も失くしたことはございませんのよ」

康長が返した鍵を女将は大友に渡しながら答えた。

「そんじゃあ行って参ります」

大友は元気よく言った。

「ああ、一時からお客さまのご予約が入っております。露天はお使いにならないと思いますが」

女将がつけ加えた。

「大丈夫です。そんなには掛からないです」

にたっと大友は笑った。

「しっかり現場観察するんだぞ」

康長が厳しい声で言った。

「イエッサー」

ウキウキとした声で答えると、大友は鼻歌を歌いながらスキップするような足取りで出ていった。

「ずいぶん立派な入浴セットですね」

春菜はちょっと驚いて訊いた。

「ええ、昔からこちらの竹かごを使っております。とくに女性のお客さまに好評です」

女将は得意げに答えた。

「ひとつ伺いたいのですが、たとえば入浴のみのお客さんにもこの入浴セットを貸し出しているのですか」

「いえ、こちらは本来はお食事付きのお客さま専用です。もともとお泊まりのお客さまのために客室に備えてあったものなのです。現在は日帰りだけに絞りましたが、そのまま客室に人数分ご用意しております」

「ああ、お食事のお客さんは個室で料理を出しているのですね」

「ええ、すべて個室です。うちはもともと部屋食のみなので食堂がございませんの。四名さま以上のご利用はほとんどございませんので、だいたいは次の間付きの一〇畳間の個室でお迎えしています」

なるほど、それならば一万円以上という料金にも納得がいく。

「事件当夜のことについて伺いたいと思います」

康長は平らかな声で切り出したが、女将の顔にはいくらかの緊張が感じられた。

「ちょっとボケがきているので、細かいことは忘れてしまっているかもしれませんが……」

女将はうっすらと頬を染めた。

「記録をとっても差し支えありませんか」

康長はやわらかい声で訊いた。

「ええ、もちろんです」

女将は微笑んでうなずいた。

「細川、記録とってくれ」

「了解です」

春菜はショルダーバッグから大判の手帳とボールペンを取り出した。

「まず、被害者の田丸昌志さんは初めてのお客さんでしたか？」

康長は明るい顔で口火を切った。

「いえ、名簿を確認しましたら、二度目のご利用でした。前回は昨年の一〇月です」

「受付したのはどなたですか？」

「わたくしです。夜七時少し前にお見えになりました。ご予約が七時から八時でございましたので、時間を守られる方だなというよい印象を持ちました」

「感じのよい男性だったのですね」

「はい、言葉遣いも、とても丁寧でいらして『奥さん、今夜は冷えますねぇ』などとお愛想をおっしゃって……常連さんでない方にはこちらも構えるのです。どんなお客さまかわかりませんからね。こんな宿でもいろいろと無理をおっしゃるお客さまもたまにはいらっしゃいます」

「たとえば、どんな無理を？」

「うちは静けさが唯一の売りと言ってもよい宿でございます。ところが、カラオケはないのかとか、コンパニオンを呼べとか……」

女将は眉を寄せた。

春菜の実家も同じような事情で困るときがあると母が愚痴を言っていた。

そのような客は、なぜコンパニオンを呼んで騒げるような大型旅館を選ばないのだろう。いつも謎に思っていたところだ。こんな静かな旅館で騒ぎたい客の気持ちが春菜にはまったく理解できなかった。

「場違いの客ですね」

康長も苦々しい声を出した。

「ええ、たいていは三人以上でお見えになる五〇代後半から七〇代くらいの男性のお客さまですね。お酒をお召しになってのご要望が多いのでなかなかご納得頂けませんで……」

「日帰りでもお酒を飲む人が多いのですか」

「ええ、ハイヤーやタクシー、運転手さんつきのおクルマでお見えになる方もいらっしゃいますので」

「なるほど……でも、田丸さんは問題のないお客さんだったのですね」

「はい、おクルマでお見えとのことで、もちろんお酔いになっているごようすもありませんでした。きちんと現金で会計されて……お顔は覚えておりませんでしたので、ご利用方法をご説明したら、最後までお聞きになってから『以前も伺いましたが、念のためにもう一度、聞きました』とお笑いになりました」

　このあたり、田丸はトラベルライターらしいなと春菜は思った。

　もし椿家のことを記事にするのなら、説明を二回聞いても損はない。

「田丸さんはそのまま露天風呂に向かったのですね」

「ええ、さようでございます。受付をお済ませになったら外へ出てゆかれました」

「ところで、入浴のみの利用客への説明とはどのようなものですか？」

「ええ、簡単でございます。お風呂の場所や設備についてご紹介して、鍵だけは玄関横の返却ポストにお戻しくださいとお伝え致しました」

「事件当夜は鍵は戻っていたのですね」

「はい、七時半過ぎには間違いなく戻っておりました。わりあい早くお風呂をお召しになったなとは思っていましたが、当夜は花火大会でございましたので、それがお目当てかとも思いまして……」

「え、花火大会があったのですか？」

康長は聞いていなかったようだ。

「ええ、『仙石原冬景色花火大会』というのが開催された夜でした。うちの露天風呂から仙石原は見渡せませんが、国道１３８号線が乙女峠に向かう途中の標高の高い場所で上げるので、花火はよく見えるんですよ」

「では、当夜は予約が殺到したのではありませんか」

「いいえ、冬花火でございますからね、打ち上げ時間は七時一〇分くらいからおよそ二〇分の短いものです。でも、冬場は空気が澄んでおりますから、たいそうきれいだそうです」

「女将さんはご覧になったことがないんですね」

「こんな商売をしておりますと、そういう日に出かけることはできないのですよ」

女将はほほほと笑った。

よくわかる。両親ともゴールデンウィークに開催される「となみチューリップフェア」も、六月の第一土日に庄川を夜高行灯（よたかあんどん）が練り歩く「庄川観光祭」も見たことがないはずだ。そういう日ほどかき入れ時だ。宿の経営者に気楽にイベントを見ている暇があるはずがない。

「つまり、被害者の田丸さんはその仙石原の花火が目当てで風呂に入りに来たんですかね」

間違いなかろう。トラベルライターであり、温泉インフルエンサーでもある田丸は芦ノ湖の冬花火が見える露天風呂だからこそ、二月三日を選んでここにやって来たのだ。

「そうだと思います。うちはお風呂から花火が見えることはいっさい宣伝しておりませんし、お食事は終わっている時間です。入浴のみのお客さまのひと組しか見られませんので、集客にはつながりませんので。でも、口コミでご存じの方はいらっしゃるようで例年、冬花火の日は予約開始の三ヶ月前にはご予約のお電話が入ります」

「では、田丸さんも三ヶ月前に予約したのですね」

「はい、一一月二日の朝一番にお電話を頂きました」

確実にこの夜の花火を狙っていたものだろう。

春菜にはひとつだけ疑問が浮かんできた。

だが、この場ではなく後で康長に訊くべきことだった。

「ちなみに花火の日にはこのあたりの道路などは見物人で混雑などはしないのですか」

康長は目撃者に期待しているのだ。

だが、女将は首を横に振った。

「いいえ、このあたりでは、隣の高級旅館さんとうちのほかは花火が見えませんから、まったく混雑致しません。それよりも山を下りて仙石原に行けばどこでも見られます」

「わかりました。説明を聞いた後、田丸さんは風呂に行ったわけですね。それで七時半過ぎには脱衣小屋の鍵も戻っていたのですね」

「はい、ですからてっきりお帰りになったものと思って、スマホを覗くときちんとロックされていました」

「しかしスマートロックを導入とは進んでおりますね」

「あの子が……」

女将はカウンターに座っている美和をあごでしゃくった。

「美和はわたくしの末の妹の子なんです。大学を出てから強羅に住んでいるものですから、うちの旅館をいろいろと手伝ってくれて、スマートロックというのも業者さんと一緒にぜんぶセットしてくれたんですよ」

「よい姪御さんですね」

「おかげでわたくしと主人だけでは無理なこともいろいろと採り入れることができまして。役場のほうでもいろいろと相談に乗ってくれているんですが、やはり身内は一番頼りになります」

女将は相好を崩した。

「当夜のようすはよくわかりました……翌朝のことについて伺いたいのですが……」

「はい……どうぞ……」

遠慮がちに口にする康長の言葉に、女将の顔にふたたび緊張が走った。

当然だろう。ふつうの市民にとって殺人死体の発見というのはどれほど衝撃的なできごとだったか。想像するに余りある。

「翌朝、田丸さんを発見したのは、こちらの従業員さんですね？」

「そうです、うちに三〇年も勤めている番頭さんで、わたくしどもと同年輩の年寄りです。朝から夕方まで働いてくれています。いまは庭の手入れをしてくれています」

小さい旅館では、番頭もずっと帳場に座っているわけにはいかず、力仕事をたくさんこなさなければならないのがふつうだ。

春菜の実家では番頭を雇っていないので、おもに父が力仕事をしている。

「その方が朝、出勤してきて脱衣小屋の鍵を開けたら、田丸さんが裸で倒れていたのですね」

「はい、それはそれは驚いて、這うようにして戻って参りました。『人が倒れている』って叫ぶんで一一九番と一一〇番にわたくしが電話しました。そうしましたら、救急車とパトカーが来て、いろいろ調べてあのお客さまは亡くなっていると」

「なるほど、で、そのときに駐車場には田丸さんのジムニーが駐まっていたんですね」

「ええ、番頭さんもおかしいと思ったそうです」

「ところで、脱衣小屋の電灯と空調なんですが」

「はい、電源は、いっておりますので両方ともふつうにありますが……」

「朝は消えていたようなんですが」

「ああ、それでございますか。やはりあちらまで行くのがつらいものですから、夜八時半には両方とも電源が落ちるように配電盤にタイマーがセットしてあります」

「で、電源が入るのは？」

「朝の七時です。エアコンは掃除している番頭さんが温度を確認します」

「なるほど、よくわかりました」

康長は大きくうなずいた。

「事件があった後、貸切露天風呂の利用率はどうですか」

「先ほども申しましたとおり、もとからそれほど大勢のお客さまがご利用になっていないので」

「あまり変わらないということですか」

「はい、おかげさまで事件の後ちょっとの間はお客さまが減りましたが、今月くらいから昨年並みに回復致しました」

　女将はわずかに微笑んだ。

「影響が少なくてよかったです」

　一〇〇メートルも離れた施設のことだから、露天風呂を利用することが少ない常連客はそれほど気にしないのかもしれない。

「細川、なにかあるか？」

「いえ、ありません」

　春菜は小さく首を振って手帳を閉じた。

　捜査資料ではよく見えなかった細かいところが、女将の話で明らかになった。

「女将さん、貴重なお時間を頂戴致しましてありがとうございました」

　康長は丁重に礼を述べて頭を下げた。

「いえ、お役に立ててよかったです」

　女将はホッとしたように息をついた。

　春菜と康長と一緒に、女将も立ち上がった。

「それでは露天風呂のほうをちょっと調べさせて頂きます」

　康長の言葉に、女将はさっき大友に告げたのと同じような言葉を繰り返した。

「一時にご予約が入っていますが、それまでに終わりますよね」

「ええ、三〇分はかからないと思います。帰りには鍵をお返しがてら顔を出します」

まだ一二時には間があった。

「では、行ってらっしゃいませ」

女将は深々と頭を下げた。

玄関を出ると左手に緑色に塗色されたアルミ製と思しきスタンドポストが立っていた。挿入口の下にダイヤルキーが設けられているタイプだった。キーの下に「貸切露天風呂の鍵はこちらへ」とテープライターで作成した文字が記されていた。

「これですね、鍵返却用ポストは」

「そうだな、鍵もついているし、あの鍵をいったん入れたら、簡単には出せそうもないな」

康長の言うとおり、挿入口からは手が入りそうもなかった。

3

春菜と康長は県道を仙石原方向に歩き始めた。

行き交うクルマの数はかなり多い。

平日の昼時だが、ファミリーカーやカップルのデートらしきクルマなどが次々に春菜たちを追い抜いてゆく。

「夜間は交通量が少ないという話でしたが、けっこうクルマが通りますねぇ」

意外の感を持って春菜は言った。

「箱根はそういう場所なんだよ。たとえば午後五時くらいになると、どこもかしこも嘘のようにに人もクルマもいなくなる。最高に混雑するゴールデンウィークや紅葉の時期なども陽が落ちてからクルマが並ぶのは、小田原に近い下のほうだけだ。山の上には誰もいなくなる。宿泊客は旅館に入ってしまうからな」

「そう言えばそうですね」

「飲食店も早く閉まってしまうのがこの土地だ」

「そうなんですか……ところで大友さん、まだお風呂入ってるんですかね」

「あきれた男だな。ゆうに三〇分は入ってるぞ」

「あの人、完全に湯治気分で来ていますね」

「まったくだ」

笑っているうちに道路の右側に椿の紅白の花が華やかに咲く生垣が現れた。

生垣の向こうに砂利敷きの駐車場が見えた。

春菜たちは生垣の端の入口から駐車場に入っていった。

写真で見た小さな脱衣小屋が目の前にあった。

というより、脱衣小屋の前にクルマが二台駐められるスペースが設けてある感じだった。二台分のコンクリートの車止めが砂利に埋まっていて鉄杭で固定してあった。

街灯などはなかったが、入口には「椿家　貸切露天風呂」の看板と「受付は椿家フロントまで」の表示があった。

脱衣小屋は、羽目板張りの壁を持つ木造で屋根はスレート葺きだった。

建物正面には窓のない木扉があって左右には格子窓が一箇所ずつ設けられている。

たしかに木扉が開かなければ外へは出られない構造だ。

ドアノブの横にはA5判を縦に半分にしたくらいの大きさの黒い樹脂製のケースが取り付けられている。

これが携帯電話網の電波を用いてネットに接続するスマートキーに違いない。

ドアノブの下方にはふつうの鍵穴も設けられている。

親切なことに「鍵はこちらへ」とテープライターで表示されているので、利用者は迷うことはないはずだ。

康長はドアノブに手を掛けたが、びくとも動かなかった。

「細川、大友の携帯番号知ってるか？」

「いえ、聞いてません」

大友と連携して仕事をする機会はなかったので、電話番号などは聞いていなかった。

「仕方ないなぁ。あいつ、いつまで風呂入っている気なんだ」

康長は舌打ちすると大声で叫んだ。

「おーい、大友、風呂から出てこい」

反応はなかった。

康長は木扉を拳で叩き始めた。

ドンドンとやかましい音が響くが、室内からの反応はない。

「無理ですよ。だって、ここから七〇段の階段を下りたところにお風呂があるんでしょ。聞こえるはずありませんよ」

「それもそうだな」

康長が腕組みしたときだった。

「おお？」

木扉が内側から外へ開き、康長の身体が押された。

康長が身体を離すと、バーンと木扉が開いて大友が飛び出てきた。

「おっとぉ」

勢いで転びそうになった大友はなんとか身体を支えた。

薄毛が濡れて貼りつき、両頬がほんのりと染まっている。

ワイシャツとズボンだが、ひとめで湯上がり姿とわかる。

「ずいぶんのんびりしてるじゃないか。置いて帰ろうと細川と相談していたところだぞ」

康長はからかうように言った。

「名探偵大友警部は、こちらの名湯に浸かりながら推理しておったのであります」

気取った調子で大友は言った。

「二階級特進か……いつ殉職する予定だ」

からかい口調のままで康長は続けた。

「あははは……殺さないでくださいよ」

大友は声を立てて笑った後で、春菜と康長を交互に眺めながらもったいぶった口調で告げた。

「謎は解けましたよ」

まさに自信たっぷりだった。

「なんだって！」

春菜と康長は顔を見合わせた。
「誰が殺したのかはわからない。ですがね、どうやって殺したかはわかりました」
大友はふっと息を吐いた。
春菜は心底驚いた。
謎だらけの殺人方法を大友は解明したというのか。
「教えてくれっ」
つかみかからんばかりに康長は詰め寄った。
「現場を眺めながら説明しましょう」
落ち着き払って大友は脱衣小屋に入っていった。
春菜は胸を弾ませてあとに続いた。
建物内に入ると、硫黄の匂いが漂っている。
屋外では感じなかったので、階段通路から上ってきているのだろう。
三人は入口の土間で靴を脱いで板の床に上がった。
脱衣小屋のなかは写真で見たとおりウッディな六畳ほどの部屋だった。
右側には胸高くらいの脱衣棚が設けられていた。
奥の左右にトイレと物置きらしき二枚の扉が見えた。

電球色蛍光灯の照明はじゅうぶん明るい。

空調も働いていて室内は二〇度以上には保たれているだろう。

「ガイシャはこのあたりに裸で凍死していたわけです。まわりには本人の衣服が脱ぎ捨てられていた」

「そうだな、チョークマークはこのあたりだった」

板張りの床だったが、二ヶ月以上を経てチョークマークはもちろん残っていなかった。

脱衣室全体に掃除が行き届いており清潔この上なかった。

この場所に凍死体が転がっていたことを思わせるような暗さやまがまがしさは少しも感じられなかった。

「で、田丸さんはどうやって殺されたんだ？」

康長は急き込むように尋ねた。

「先を急がず、時系列にそって考えてみましょう」

落ち着き払って大友は答えた。

「ああ、そうしてくれ」

ちょっとムッとした声で康長は言った。

「田丸さんは当夜の七時頃、宿から借りた鍵で扉を開けて、この脱衣小屋に入ってきたわけです。入って来てまずやったことは、鍵を内側から閉めることでしょう」

「その通りだな。表は県道だし、風呂に入っている間にドロボウが入ったら困るからな」

大友は静かにうなずいた。

「続けて、着ていた服を脱いで、財布やスマホなども棚に置き、階段通路に向かうはずです」

言葉を発しながら、大友は出入口の木扉と反対側に歩み寄って窓のない引き戸を開けた。

春菜と康長は引き戸から下を見て驚いた。

「いや、これは急傾斜で長いな」

木の天井と壁を持つ急傾斜の階段が下へと延びている。

七〇段という話だったが、かなりの長さだ。

ステンレスの手すりがずっと続いている。

ポツンポツンと小さなシーリングランプが点っているので暗いことはない。

開口部は高さ一〇センチ、幅四〇センチほどの明かり取りと換気の窓がいくつかあるだけだ。

春菜たちはゆっくりと階段を下りていった。

転んで下まで落ちたら大怪我をするのは間違いない。

あの女将やその夫の宿の主人が、夜間にこの階段を下りて風呂のチェックや掃除をすることが困難なことはよくわかった。

春菜の両親にだって、決してやらせたくはない仕事だ。

いや、正直言って春菜自身も毎晩ここを上り下りするのは嫌だ。

いちばん下まで下りると、階段のスタート地点と同じような引き戸が設けられていた。

大友はおもむろに引き戸を開けた。

「うわぁ、すごいっ」

春菜は思わず叫び声を上げた。

眼下には見渡す限りの緑の森がひろがり、遠くには箱根外輪山の稜線が連なっている。

左手遠くに仙石原の草原らしきものが望めた。

涼やかな風が谷からさやさやと吹いてくる。

もし実家の舟戸屋にこんな露天風呂があれば、さぞかし売りになるだろう。

あまり客が使用していないというのは実にもったいない気がした。

もっとも、庄川温泉郷ではこんな風呂を造れるような高台は存在しないのだが……。

「右手のいちばん高い山が明神ヶ岳です。左の高い山が金時山。ここからは見えませんが、その右手に明星ヶ岳があって、毎年八月一六日には大文字焼きが行われます」

大友は明神ヶ岳を指さして説明してくれた。

「え、大文字焼きって京都だけじゃないんですね」

「五山送り火の大文字ですね。京都では五つの山で大文字や法の字などを燃やしますね。葵祭、祇園祭、時代祭とともに京都四大行事のひとつとして知られていますが、実は全国にはほかにも奈良や秋田、山梨など何箇所かで大文字焼きをやっています。都心に最も近い箱根の大文字はけっこう有名なんですよ。強羅温泉からよく見えます」

大友がしたり顔で言った。

「ところで、犯行当夜は七時一〇分から乙女峠っていうところの近くで花火が上がってたっていうんだが、どのあたりだ？」

「金時山の左の稜線上です。ゴルフ場の上あたり」

大友は左手の山稜の一点を指さした。

「なるほど、この場所からはよく見えるな」

康長は感心したような声を出した。

「乙女峠ってずいぶんロマンチックな名前ですね」

春菜は日本の峠らしくない地名だなと思っていた。

「むかしむかしのことじゃった。相模の国は箱根の仙石原に、とめというひとりの若い娘が住んでおったんじゃ。この娘はまわりの者からおとめさんと呼ばれていたそうな」

いきなり大友が、「まんが日本昔ばなし」のような声色を使い出した。

「ところが、おとめさんの父っつぁまは重い病に罹ってしまっての。おとめさんは峠を越えて御殿場の地蔵堂へ百日の間、願掛けてお詣りしたそうじゃ。満願の日に父っつぁまの病はすっかり治ってしもうた。次の朝、峠の頂上で父っつぁまの身代わりに冷たくなっているおとめさんの姿があったんじゃと。それ以来、仙石原の人々は親孝行なおとめさんのことを思うて、この峠をおとめ峠と呼ぶようになったそうな」

大友の声色はなかなか上手かったが、春菜は腹を立てた。

「え、そういう自己犠牲ってどうかと思いますよ」

自分の声が尖るのを感じた。

「あのな、細川、現代の話じゃないんだ。いまの価値観で考えたってだめだよ」

康長はあきれ顔で春菜を見た。

「むかしだって同じことですよ。願掛けはいいですよ。百日詣りもいいでしょう。でも、満願の日におとめさんが死ぬなんて、そんなのひどすぎます。子は親の犠牲になるべきだという考え方には賛同できません」

春菜の語気は荒くなった。

「俺に怒ってもしょうがないだろ」

康長は肩をすくめた。

「あ、すみません……」

春菜は顔が熱くなった。

「たしかに儒教的道徳感満載のお話でしたねぇ」

大友は忍び笑いを漏らしている。

「ところで、遠くの景色は素晴らしいわけですが、もうちょっと前に出てこの露天風呂をじっくり観察してみてください」

湯船はいま立っている位置より五〇センチくらい下に設けられていた。

大友の言葉に従って、春菜と康長は露天風呂の湯端に立った。

「なかなか立派な風呂だな」

「ええ、源泉掛け流しですよ」

大友は嬉しそうに言った。

露天風呂は周囲に岩を配したコンクリート製のものだと思われた。

幅三メートル奥行き二メートルほどの楕円形である。

右手の木樋（もくひ）から音を立てて湯が注ぎ込まれている。

湯船には少し緑色がかった白い湯が満々と湛（たた）えられている。

あたりにはつよい硫黄の匂いが漂っていた。

湯船のまわりを高さ一メートルほどの木の柵が取り巻いている。

支柱と支柱の間隔は一〇センチほどしかなく、落下防止には効果がありそうだった。

柵の左側に「危険ですので、谷川の湯端に立たないでください」との注意書きがあった。

「注意書きはありますが、ここまで来てください」

大友は看板の横に歩み寄っていった。

春菜と康長は大友の横に並んで立った。

「ほらね、これじゃあ風呂からは逃げ出せませんよ」

大友は柵の外を指さした。

「うわ、高いっ」

春菜の目はくらんだ。

木柵の外は、すべての方向でほんのちょっと岩が突き出しているだけだった。ストンと数メートル下まで切れ落ちていて、飛び下りたら死ぬか間違いなく重傷を負う。

そんな事故を防ぐために、すぐ下にスチール製の安全ネットが張ってあった。ふつうに落ちてもこの安全ネットに引っかかるから、かすり傷程度で済むはずだ。

「テラスか……」

康長は低くうなった。

「テラスって言うんですか」

春菜にとっては聞き慣れない言葉だった。

「ああ、登山用語だよ。岩壁の棚状になった平たい部分を言うんだ。岩登りをする際などにビバークポイントにできる場所だ。いずれにしても下へは逃げられないわけか」

「そうですね、ここから落ちたら確実に死にます」

「下だけじゃありませんよ」

大友は崖とは反対方向の階段通路の屋根を指さした。

屋根の軒に先の尖った短い杭が並べてある。

「忍び返しだな」

康長が屋根を見上げながら言った。

「客がふざけて屋根に上ったら危ないですからね、そんな事故を防ごうとしているんでしょうね」

大友の言うとおりだろう。

「要するにこの露天風呂は階段通路以外からは出入りできないということだな」

「そうです。脱衣小屋の木扉を閉じられたら、この風呂も含めてすべてが密室なのです」

「やっぱり田丸さんは閉じ込められたんですね？」

春菜にはほかに結論は考えられなかった。

「あたくしはそう考えています」

大友は力強くうなずいた。

「言いそびれましたけど、わたしヘンだと思うことがあるんですよ」

花火の話を聞いたときに覚えた違和感を、春菜は口にした。

「なんだ？　ヘンだと思うことってのは」

康長が身を乗り出した。

「田丸さんは温泉インフルエンサーなんでよすね」

「そうだ、ブログやYouTubeにリポートを投稿して人気があった」

「だとしたら、この場所から花火の写真や動画を撮っていたのではないでしょうか。仮に自分だけのお気に入りの場所にしようと考えていたとしても、記録はしているような気がするんです。なぜ、スマホにその記録がないんでしょうか」

大友が即答した。

「別にカメラを持ってたんでしょうねぇ。たとえばちょっといいコンパクトデジタルカメラなら、スマホよりもずっときれいに写真や４Ｋ動画が撮れますからね」

「でもそんなカメラ見つかってないんですよね」

春菜は問いを重ねた。

「カメラは犯人が持ち去ったか、捨てたかしたんでしょう」

「なにかしら、犯人に都合の悪い写真か動画が残っていたのかもしれませんね」

春菜は確信していた。

「おそらくそうでしょう。死亡する前に犯人の名前などを叫んで記録しておいたかもしれない」

「なるほど……考えられますね」

「一方、スマホは防水じゃなかったから、田丸さんは脱衣室に置いてきて、最初から風呂場に持ち込まなかったんですよ。たしか、捜査資料によれば、田丸さんのスマホは iPhone 6s でしたよね」

春菜は感心した。大友はそんなところまで覚えていたのか。

自分も目を通したが、iPhone ということしか記憶になかった。

「そうそう、たしかにそいつだった」

康長が横から言い添えた。

「iPhone 6s は防水機能はないけど、去年まで新品で買えましたし、まだ使っている人いっぱいいますからね。では、細川さんの疑問は解消ということでいいですね」

「ええ、よくわかりました」

大友の説明は春菜にも納得できるものだった。

「脱衣室で犯人の名前を叫んで記録するなら、カメラよりスマホを使うんじゃないのか」

康長の感覚はよくわかる。スマホに音声を記録する人も、カメラではそんなことはやらないのがふつうだろう。

「ふつうはそうですね。でも、脱衣室に上ってきたとき、スマホは棚にはなかったんです」

「どういうことだ？」

康長は首を傾げた。

「では、脱衣室に戻って説明しましょう」

大友の言葉に従って、春菜たちは階段通路へと戻った。

風呂から上がって鼓動が速まっているときに、この階段を上るのはつらいだろうと実感した。

もっとも温泉旅館やその風呂は、眺望や源泉位置の関係で傾斜地や谷底に設けられていることも多い。国内にはこれくらいの階段を上り下りする風呂は珍しくはない。

脱衣室に戻った大友は春菜たちを見渡してふたたび口を開いた。

「さて、温泉を堪能して写真や動画も撮って脱衣室に戻ってきた田丸さんは驚愕します。棚に置いてあったはずの洋服や財布、スマホ、ジムニーのキーなどがいっさいなくなっているのです。さぞかしあわてて内部を確認し、どこにもないとわかると外へ出ようとしたでしょう。ところが入口の木扉は鍵を開けてもビクともしません。さんざん木扉をなかから叩いたでしょう」

「ああ、遺体の解剖所見には田丸さんの両の拳に打撲痕があると指摘していた。だが、どうやって木扉を開かないようにしたんだ」

康長の問いに大友はにこっと笑った。

「田丸さんのジムニーを、駐めてあった場所から木扉の前に移動してしまえば、ボディが邪魔になって絶対に開かないでしょう」

大友はのんきな口調で言ったが、その情景を想像した春菜は恐ろしさに身が震えた。

「なるほどなぁ。たとえば、車止めを避けて二台分のまん中から進入して、この木扉にバンパーが当たるように駐めておくってわけか。そうすれば、前向きでも後ろ向きでもまずは絶対に開かないだろうな」

「前の県道からは、生垣がさえぎって、駐車場は見えにくいです。街灯もないから脱衣小屋の灯り(あか)が落ちてしまえば不自然な駐車に気づく人はいないでしょうね」

「そうだよ、そもそも県道734号は夜間の交通量はきわめて少ないんだ。急なカーブの連続だから」

春菜と康長は次々に賛同の言葉を口にした。

「断定はできませんがね」

大友は謙虚な言葉とは裏腹に自信満々の笑顔を浮かべた。

「いやいや、犯人は田丸さんのジムニーを凶器に使ったんだ」

「ジムニーを木扉のところに移動した時点で、この露天風呂全体が大きな密室になったんですよ」

春菜は大友の推理が正しいことを確信していた。

「この手の外開きドアは住宅内では少ないですね。トイレに行ったところ、廊下に置いてあったモノが倒れてドアが開かなくなってしまって閉じ込められた。そんな実例がいくらでもあります。なかには数日間も出られず、死にかけたケースさえあります。その事故でドアと廊下の壁の間に挟まったものは、折りたたみ式のちゃぶ台に過ぎませんでした」

「日常生活のなかに潜む事故の危険性……怖いですね」

そんなドアはないが、家に戻ったらひと通り室内に事故の危険性がないかを確認してみようと春菜は思った。

「クルマを使わずとも、一時的に岩や重い荷物を置く……まぁ推理小説なら大きな雪のかたまりを使うところでしょうね。朝になれば証拠は残らない」

「マイナス一二度じゃ雪も氷も溶けませんよ」

「ああそうね、当夜は快晴で冷え込んでたから、田丸さんは凍死したんでしたね。ところで、もしかすると、田丸さんのジムニーのバンパーになんらかの痕跡が残っているかもしれません。そのあたりはもう一回、しっかりと検証してみてもよいのではないでしょうか」

「たしかにバンパーなんかはきちんと見ていないだろう。後で本部に連絡してみよう」

康長は真剣な顔でうなずいた。

「さて、これで田丸さんを閉じ込めた方法は明らかになりました。それ以前に犯人が実行しなければいけなかったことはなんでしょうか？」

「スマホなどを奪うことですね」

春菜の答えに大友は指をパチッと鳴らした。

「正解。では、どういう方法を採ったのでしょうか」

大友は春菜たちの顔を交互に見て尋ねた。

「スペアキーを持っていたのかな……」

「あるいはピッキングかもしれんな」

ふたりの答えに大友はあいまいに笑った。

「あたくしはね、今回の犯人は盗犯などのプロではないと思っています。プロなら木扉を開かなくするのにも、クルマなどは使わずにL字金具を使って木扉を固定するとか雨戸シマリを使うとか、そんな方法をとるような気がします」

「ドロボウさんは扉には詳しいですものね」

建物に侵入する盗犯についてはプロが圧倒的に多いことは知っている。

「スマートロックをハッキングするだけの技術を持っていないとすれば、細川さんの言うようにスペアキーでしょう」

「だけど、他人のスペアキーをそんなに簡単に作れるんですか」

これは素朴な疑問だった。

「時間さえあれば、簡単なことですよ。見たところこのスマートロックは大手メーカーの製品だが、鍵には一本ずつ固有のナンバーが付与されて本体に刻印されているんです。実はメーカー名とこのナンバーがわかれば、たいていの場合、簡単にスペアキーは作れます」

大友はさらっと言った。

「ほ、本当ですか」

春菜は絶句した。

「そうか、細川は知らなかったか。だから信頼できる相手以外に家の鍵なんか貸しちゃダメだぞ。たとえ業者でも家の鍵は貸してはいけない」

「ええ、大変に危険です。固有ナンバーをメモされたり写真に撮られたりしたらアウトです。ネットで番号を入力するだけでスペアキーを作ってくれる業者だって存在します。細川さんのパジャマ姿を覗きに来るくせ者が現れるかもしれませんよ」

「や、やめてくださいよ～」

またも背筋が寒くなった。

「この脱衣小屋の鍵は貸し出し用ですから、貸切風呂を一度でも利用したことのある人間なら鍵のメーカー名と固有番号を記録することは簡単です。ネット注文でも一週間くらいでスペアキーは作れます」

「なるほどな、この貸切風呂みたいに鍵を借りて使う施設の盲点だな」

「はい、その意味で椿家さんがスマートロックを導入して本館から脱衣小屋の施錠状態を確認できているのは防犯上はけっこうな話です。ですが、頻繁にモニターしていなければ隙を突かれます」

「当夜は七時半過ぎにロックされていることに気づいたとは言っていたが……」

「今回の事件では、七時半過ぎに女将さんが施錠を確認した後に、田丸さんは脱衣小屋のなかから解錠したはずです。でも、宿の人は気づかなかったんですよ。あの奥さんじゃ、それで精いっぱいでしょう。本当はロック解除を知らせるアラームなどと連動しておけばいいんですがね。もっとも鍵が開いても木扉はジムニーで開かなくされていたわけですが」

「まぁ、盗まれるようなものがある場所じゃないからな」

「さて、話を本筋に戻しましょう。田丸さんが風呂に入っている間に、犯人はおそらくスペアキーを使って脱衣小屋に侵入し、スマホ、ジムニーのキー、財布、着ていた服などのすべてを持ち出します」

「そうか、救助を呼ばせないためにスマホは持ち去った。だから、犯人にとって不都合な記録は残っていなかったわけか」

康長はうなった。

大友はうなずいて言葉を続けた。

「宿から借りたこの脱衣小屋の鍵も一緒に持ち出したはずです。宿側のチェックを逃れるためにスペアキーで木扉に施錠する。続けて田丸さんのジムニーを小屋の木扉に押しつけて駐車します。犯人は脱衣小屋の鍵を返却ポストに戻してこの地を去ります。あとはなにもしなくても田丸さんは凍死するはずです」

「マイナス一二度だからなぁ」

「田丸さんは外へ出ようと必死でドアを叩き、拳には打撲痕が残りました。ほかにもいろいろな脱出方法を試そうとしたかもしれません。木扉の左右の窓の錠が開いていたのも、そこから脱出しようとしたのでしょう。しかし、格子が邪魔になって外へは出られなかった。ドライバーなどの工具があれば別かもしれませんが、脱衣室にそんなものはない。風呂まで下りていって脱出も試みたことでしょう。しかし、さっき見たとおりそれも不可能です。スマホは奪われて救助を求めることもできない。そのうちに八時半になって小屋全体の照明と脱衣室のエアコンがタイマーによって切れてしまう。夜が更けて気温が下がり、田丸さんは凍死へと死の階段を下りていったわけです」

大友はうそ寒い声で言った。

「すると矛盾脱衣じゃなかったのね」

春菜は畳みかけるように訊いた。

「あたくしは違うと思いますよ。犯人が服をかっぱらったのです。田丸さんを裸に剝いておいたほうが凍死までの経過時間は短くなるし、活動もしにくくなります」

「大友の言うとおりだろう。いままで聞いた話によると、犯人は田丸さんが凍死した後に、もう一度この脱衣小屋を訪れる必要があるな」

康長の指摘には、むろん春菜も気づいていた。

「そのとおりです。犯人は田丸さんが凍死した後に戻ってきています。田丸さんのジムニーをもとの位置に戻して木扉をスペアキーで開けて脱衣小屋に入る。田丸さんの死を確認した後、衣服を遺体のまわりに散らばせておく。脱衣棚にスマホや財布、ジムニーのキーを戻す。さらにおそらくは田丸さんが閉じ込められていた後になにかを記録していたカメラを奪う。ふたたびスペアキーで木扉を施錠して立ち去る……どうですか？　これで今回の状況は作り出せますよん」

大友はちょっと背を反らした。

「お見事です！」

「素晴らしい！」

春菜も康長も歓声を上げた。

「整理するとこういうことですね」

春菜はいままで聞いた話をかいつまんで繰り返してみた。

(1) 犯人は脱衣小屋の錠をスペアキーで解錠して、田丸さんの衣服、スマホ、財布、ジムニーのキー、宿から借りた鍵を奪う。

(2) ジムニーを移動し木扉を開かない状態にして、田丸さんを脱衣小屋内に閉じ込める。

（3）スペアキーで木扉を施錠した上で、宿の返却ポストに宿が貸し出した鍵を返し逃走。
（4）宿の経営者はスマホで脱衣小屋の施錠を確認。タイマーで照明が消え空調が止まる。
（5）室内の温度は下がって、脱衣小屋の外に出られず、救助も呼べず、崖も飛び降りられない田丸さんは凍死する。
（6）ふたたび訪れた犯人は、田丸さんのジムニーを元の位置に戻して脱衣小屋の木扉をスペアキーで開ける。田丸さんの衣服を遺体のそばに散らばせて、スマホなどを棚に戻し、カメラを持ち出す。
（7）スペアキーで脱衣小屋に施錠して逃走する。

「マーベラス！　よく整理できました。ま、細かいところは違っているかもしれないけど、大筋はそんなところでしょうよ」

大友は得意げに鼻を鳴らした。

「すげぇな。大友、おまえ本当に名探偵じゃないか」

康長は心底感心しているようだった。

「いえいえ、こんなのは論理的思考の帰結ですよ」

「おまえ、知識ヲタクだけど頭いいな」

「知識ヲタクなんぞじゃありませんよ」

大友はちょっとムッとした顔つきを見せた。

「長々と風呂に入っているだけじゃなかったんだな……捜一に来ないか」

冗談とは思えぬ康長の声音だった。

もっとも康長に人事権があるわけはない。

「じ、冗談でしょ。あたくし泥臭い捜査なんてお断りですよん」

大友は仰け反った。

「なんだと！」

康長の声が尖った。

「なははは……あたくし刑事なんぞになりたくないですから」

たしかに大友は、靴をすり減らして歩き回るのには向いていないだろう。

「でも、本当に大友さん、すごいですよ。最初に現場のようすを浅野さんから聞いたときには、謎で謎で仕方ありませんでした。これからもご教導ください」

大友は甘酸っぱいような顔をして別のことを言った。

「もうひとつ、女将さんに確認したいことがあるんですよ」

「そろそろ戻ろう。一二時半を過ぎている」

康長の言葉に従って、春菜たちは脱衣小屋を出た。

「きちんと閉めとかなきゃね」

大友は木扉をしっかりと施錠し、入浴セットの竹かごを手に提げた。

県道に出てから、駐車場方向を振り返ってみた。いまはクルマは駐まっていないが、たしかに夜間であれば、椿の生垣が邪魔になって駐車車輌は屋根くらいしか見えないだろう。

4

春菜たちが椿家の本館に近づくと、前の駐車場に一台のクルマが駐まっていた。

電気自動車（EV）の日産リーフらしいが、春菜はそのボディのペインティングに目を奪われた。

前後のドアに大きく雪をかぶった富士山を遠景とした芦ノ湖の写真がデジタルプリントされている。そこに白い文字でWelcome to Hakoneと抜いてある。ここまでは驚かない。

プリントの左側に浴衣（ゆかた）を着てうちわを持った少女のイラストが描かれているのだ。

なんとアニメ『エヴァンゲリオン』シリーズのヒロインである一四歳の少女、綾波レイなのだ。

リアフェンダーにオレンジ色で箱根町と記してあって、町のマークもペイントされている。

だが、これではまるで痛車だ。

もっとも痛電や痛バスなど公共交通機関では見慣れてきてはいるが……。

箱根町職員の誰かが椿家を訪ねているのだろう。

春菜はしばし目を見張っていたが、康長も大友もあまり関心がないようすだった。

三人が玄関を入ると、ロビーで女将と男性が話している声が聞こえた。

「鍵をお返しに上がりましたぁ」

大友はさっさと靴を脱いで敷台を上がった。

釣られるように春菜と康長もロビーへと入った。

ソファで女将と対面していた明るいグレーのジャンパーにネクタイを締めた三〇歳くらいの男が会釈した。

「ああ、刑事さんたち、お疲れさまでした」

女将が立ち上がって歩み寄ってくる。

ソファに座っていた男も立ち上がって近づいてきた。

「刑事さんなんですね？」

男は三人を交互に見て尋ねた。

鼻筋が通って整った顔立ちの男だった。

「はい、神奈川県警の者ですが、箱根町の方ですよね？」

康長が代表して答えると、男は頭を掻いた。

「失礼しました。箱根町商工観光課の稲垣（いながき）と申します。お世話になっております」

頭を下げると、稲垣はポケットから黒革のケースを取り出して名刺を差し出した。

「県警捜査一課の浅野です」

康長も名刺を差し出して名乗った。

「そうなんですか、警部補さんですか」

稲垣はちょっと驚いたようだった。

続けて稲垣と春菜も名刺を交換した。

意外と地味な縦書きの名刺には『箱根町商工観光課　主任　稲垣昭範（あきのり）』とあった。

「お若い刑事さんですねぇ」

春菜の名刺を覗き込んだ稲垣は春菜の顔を見て目を瞬いた。

「あ、でも七年目です」

童顔のせいで、春菜は女子大生くらいの年頃に間違えられることが多い。

身長も女性警察官としては低いほうの一五二センチだ。神奈川県警の女子警察官の採用基準は一五〇センチ以上となっている。

「そうなんですか」

あまり納得していないようだが、稲垣はとりあえずうなずいた。

稲垣は大友にも名刺を渡そうとした。

だが、大友の右手にはぬれタオル、左手には入浴セットがあった。おろおろと稲垣は戸惑っている。

春菜の横に少し離れて立つ大友は、稲垣には関心がないようすで女将に声を掛けた。

「奥さん、素晴らしい露天風呂ですね。とてもよい湯でした。おかげさまで久しぶりに幸せな休憩時間を過ごせました」

「お気に召してよかったですわ」

女将はにこにこして鍵と竹かごを受け取った。

稲垣は大友にあいさつするのを断念した。

「現場の調査、無事に済みました。ご協力に感謝します」

康長はわざとのようにまじめくさって言った。

「お疲れさまでした」

女将はねぎらいの言葉とともに頭を下げた。

「捜査に進展はあったのですか」

稲垣は興味深げに尋ねた。

「まぁ、幾分かの成果はありました」

「それはよかった。実は冬の事件のことは我々も心配しておりまして」

明るい声で稲垣は言った。

「皆さん、立ち話もなんですから、お掛けくださいましな。お茶を入れますよ」

女将が気さくに言ってくれたので、春菜たちはソファに腰を掛けた。

春菜たちはさっきと同じように長椅子側に三人並んで腰を掛け、稲垣と女将が反対側に座った。

すぐに美和が冷たい玉露を持って来てくれた。

やわらかな甘みと苦みが心地よい。

「あの、浅野さんたちはお仕事でこちらへお見えなんですよね？」

稲垣が不思議そうに尋ねた。

大友が入浴セットを返しているところを見ているのだから、当然に生ずる疑問だろう。

悪いところに役場の人間などが居合わせたものだ。

警察官が捜査がてら風呂を楽しんでいるというのはまずい。

「はは、わたしとこの細川は捜査です」

康長は引きつった笑いを浮かべて答えた。

「あたくしは休憩時間を利用してこちらの露天風呂に入浴したんですよ。素晴らしいお風呂ですね」

大友は悪びれずに答えた。

「はぁ……そうなんですか」

納得がいっているような稲垣の顔ではなかった。

「いやぁ、あたくしはこちらの露天風呂が最高に気に入りましたよ」

大友は弾んだ声で言った。

稲垣は目を白黒させた。

警察官が殺人の現場で口にするような言葉ではあるまい。

「冬には事件で変に有名になってしまいましたが……人の噂も七十五日とか言いますから」

「先ほど女将さんに、椿家さんの集客はもとに戻ったと伺いました。よかったですよね」

康長は大友に喋らせたくないようである。

「眺めは最高だし、お湯もいい。あんなに素晴らしいお風呂がマイナーな存在なのはちょっともったいないですね」

だが、大友には康長の気持ちなどまったく通じていなかった。

「あの露天風呂にはこちらの番頭さんにご案内頂いて、役場の広報関係の写真を撮らせてもらったことはあります。だけど、入浴したことは一度もないんですよ」

稲垣は頭を掻いた。

「稲垣さんは温泉旅館だけの係じゃなくて、町内のたくさんの観光施設をご担当なんですよ。あちこちのお風呂に入るってわけにもいかないですからね」

女将がとりなすように言った。

「もっと椿家さんのお力にもならなきゃいけないんですけど、箱根町の観光行政全般を担当していますんで……」

稲垣は照れ笑いを浮かべた。

「いいえ、とんでもないですわ。稲垣さんには感謝してるんですよ。なにせ、温泉旅館だらけの町ですからね」

「箱根町には二〇〇軒近い旅館とホテルがあるんですよ」

「それなのに、稲垣さんはうちみたいな宿にもよくしてくださって」

嬉しそうに女将は言った。

「二〇〇軒とはずいぶん多いような気がしますが……」

庄川温泉郷は周辺部を加えても一〇軒に満たない。

「神奈川県全体のホテルと旅館数は一三〇〇軒あまりですから一五パーセント以上は箱根町に存在することになります」

「多いですねぇ」

「年間の宿泊客数は四二九万人にも及ぶんですよ」

「そんなに！」

春菜は驚いた。横浜市の人口が三七二万人ちょっとだ。川崎市が一四七万人。延べ数とは言え、一年間に横浜と川崎の全市民に近い人が箱根町に泊まった計算になる。とてつもない人数だ。

「また、外国人観光客がどんどん増えておりまして、総観光客数の一〇パーセントを超えています」

これまた驚きの数字だった。

「国際的な観光地なんですね」

「はい、我々も努力していますが、小さな町なので行き届かないことが多くて」

稲垣は悄然と答えた。

「箱根町の人口はどれくらいなのですか」

「年々減っておりまして一万二〇〇〇人を割りました」

「ずいぶんと少ないんですね」

自分が住む瀬谷区の一割に満たない人口だ。

「はい、ですので町にできることには限りがあります」

「でも、旅館の前に駐まっているEV、とっても素敵ですね」

「ああ、ありがとうございます」

稲垣は誇らしげに胸を張った。

「エヴァンゲリオンとは驚きました」

「箱根町ではこの一月一〇日から『エヴァンゲリオン×箱根2020』という箱根町史上最大のイベントを開催しています」

「どんなイベントなんですか？」

「アニメ『エヴァンゲリオン』と我が箱根町、小田急箱根ホールディングス、藤田観光協会などで推進している箱根エヴァ計画なのです。箱根ロープウェイの桃源台（とうげんだい）駅を『第3新東京市駅』にしてしまって、特務機関ネルフ本部をイメージしたラッピングを施しています。また、高さ二メートルの『初号機』大型フィギュアが展示されています。そのほかにも小田急グループのバスをエヴァ仕様にラッピングするなど、さまざまなかたちで箱根をエヴァンゲリオンの世界にしてしまおうという試みです」

では痛バスは実際に走っているのだ。たまたま途中で見かけなかっただけなのだろう。

「スタンプラリーをはじめご紹介しきれないほどたくさんのイベントをご用意しています。『シン・エヴァンゲリオン劇場版』の来年三月の公開を視野に入れて、大幅な集客増を狙っております」

稲垣は立て板に水で説明したが、春菜にはよくわからない部分が多かった。

「ええと……わたしよりちょっと上の人たちがいわゆるエヴァ世代なんで、あまりよく知らないんですよ。なんで、箱根でエヴァンゲリオンなんですか？」

「セカンドインパクト後の世界では、物語の舞台となるのが要塞都市『第3新東京市』なんですが、その中心地は芦ノ湖畔の湖尻なんですよ」

そんなことも知らないのかという表情だ。

そう言えば、三〇代に入っているくらいの稲垣はエヴァ世代の終わりくらいなのかもしれない。

「え……そうなんですか」

「残念ですねぇ、意外と知られていないんだ」

稲垣はありありと失望の顔になった。

「申し訳ありません」

春菜は小さくなって詫びた。

康長も大友もあっけにとられて黙りこくっている。

大友こそエヴァ世代ではないかと思うのだが、アニメには興味がないのだろうか。

「そうだ、奥さんに伺いたいことがあったんですよ」

大友はいきなり切り出した。

「はい、なんでしょうか」

女将はけげんな顔で答えた。

「こちらの露天風呂のお湯はポンプアップしていますよね？」

「ええ、そうです。自噴ではありませんし、大涌谷の源泉から供給して頂いているので
……」

「ポンプの電源は毎晩切りますか？」

女将の目をじっと見て大友は訊いた。

「いいえ、浴槽を清掃するのは毎日ではありませんので……一度ポンプを止めてしまうと湯温がひどく下がってしまいますので基本的には止めていません」

うなずいた大友は浅野へと視線を移した。

「浅野さん、捜査資料によれば、死体発見直後の浴槽の湯温は摂氏二度くらいでしたね」

「そうだったかな……」

康長は首を傾げた。捜査資料はバンのなかだ。

「さっき確認しました。とすると、犯人はポンプの電源を切って、湯温を下げたとしか思えませんね」

大友は思案げに言った。

「おい、捜査に関する話はするな」

浅野は厳しい声を出した。

「おや、こりゃ失礼」

大友は自分の頭をペチペチ叩いた。

「捜査は進展しているみたいで安心しました」

稲垣が明るい声で言った。

「いやまだまだこれからなんですよ」

康長は正直に答えた。

犯行の態様は大友の観察と推理でほぼ間違ってはいないだろう。

しかし、犯人が誰なのかについてはなにひとつわかってはいないのだ。

「頑張ってください。箱根の温泉を汚すような者は許せませんから」

稲垣の瞳は輝いていた。

この男もまた自分の仕事に誇りを持っているのだなと春菜は頼もしく感じた。

「わたしとしても神奈川の地で人を手に掛けるような者は許してはおけません」

康長も言葉に力を込めた。

「刑事さんたちのご活躍で早く犯人が捕まることを祈っていますよ」

稲垣は期待のこもった目で康長を見た。

「犯人逮捕のために力を尽くします」

きっぱりと康長は言い切った。

「では、そろそろおいとましようか」

康長の言葉に春菜たちは立ち上がった。

女将と稲垣が戸口まで送ってくれた。

帰りの車中では、大友の推理をもう一度、三人で振り返った。

大友本人が言うように、細かいところは違っている可能性はあるが、大筋ではこの線で間違いないだろう。

康長は帰り道に西湘バイパスから国道1号線で横浜へ向かうルートを選んだ。

クルマはすでに西湘バイパスに入っていた。

車窓にホライズンブルーの小田原の海がひろがっている。

午後の陽差しを浴びて波頭は銀色の輝きを見せていた。

なんの漁をしているのか、船尾に小さな三角帆を上げた小型漁船があちこちで波に揺られている。

「念入りに練った計画的な犯行だ。犯人は冷静で頭のよい人物に違いない」

ステアリングを握る康長が思慮深げな声を出した。

康長の言葉には完全に同意だった。

「まぁ、あたくしの頭脳のほうが勝っていましたがね」

リアシートで、大友は得意げにふうんと鼻を鳴らした。

大友の言葉は鼻持ちならないが、今日はどんなに威張ってもいいなと春菜は思っていた。

自分の頭では、とうていここまでの推理はできなかった。

「きっと時間も掛けて準備したのでしょうね」

「そう思う。すでに殺害の動機が怨恨であることは疑いの余地はないが、田丸さんに根強い恨みを持っていた人間の犯行だな」

「そうね、あたくしもそう思います。犯人は執念深い性格に決まってますよ。そう、スネークタイプね。なんだか暗い情念みたいなものを感じる……」

ぶるっと大友は身体を震わせた。

「ところで、大友さん、さっき椿家さんで言いかけてたあれ、なんですか？」

春菜はリアシートを振り返って訊いた。

「ポンプの電源の話ですよね」

「ええ、湯温が低かったとかおっしゃってましたよね？」

「はい、でも浅野さんに怒られちゃったから……」

「そうだよ、稲垣さんっていう今回の事件に関係のない人の前であいう話をするとは言語道断だ」

康長は声を尖らせた。

「ああ、注意が足りませんでした。でも、あたくし刑事じゃないから」

大友はけろっとした顔で笑った。

「で、あれはなんの話なんだ？」

「あたくしはあの脱衣小屋の配電盤のなかも調べました。また、ポンプアップモーターの電源スイッチも調べたんです。両方ともわかりにくい位置にありましたが、施錠はされていませんでした」

「そういうのは現場で指摘してくれよ」

康長が背中でむくれた。

「うっかりしてしまいました。だけど、あたくし刑事じゃないから」

「それはいいから、さっさと話せよ」

「もう浅野さんはせっかちなんだから……鑑識さんが計測した時点で湯温が二度だったたってことは、犯人は最初にスペアキーを使った時点でポンプの電源を切ってしまったってことです」

「ポンプアップされていたお湯の供給が止まってしまったわけですね」

「そう。もちろん、凍死させるための手順のひとつでしょ。犯人が戻ってみたら、田丸さんがあの露天風呂でふやけてのぼせてたっていうんじゃねぇ」

剽げて眉を上げ下げする大友に、春菜は不謹慎にも噴き出しそうになってグッとこらえた。

「おっしゃるとおりですね。凍死をより確実にするために、ポンプアップのモーターを止めたわけですね」

「そこがね、ポイントなのよ」

大友は意味ありげに笑った。

「どういうことですか」

「あなたたちお二人は、ポンプアップに気づかなかったでしょ？」

意地の悪い調子で大友は訊いた。

「ああ、俺はまったく気づかなかった」

「わたしもです。ポンプアップしている温泉があることは知っていたのに……」

二人ともあっさり降参した。

「モーターは外にあるし、気づかなくてもあたりまえでしょ。でもね、犯人は気づいてたわけよ。つまり、犯人は温泉に詳しく、かつ、あの露天風呂の構造をよく知っていた人物である可能性が高いってわけ」

大友は得意げに背を反らした。

「そいつもらいだ」

康長は背後に向かって親指を突き出した。

「そうですね、大きなヒントですね」

春菜も声を弾ませた。

「だからね、田丸さんのまわりの温泉に詳しい人間を探すことに力を尽くすべきだと思うんですよ。どうやって殺したかはわかったと思いますが、誰が殺したのかはまったくわかっていないわけですから」

大友の言葉に康長は渋い声を出した。

「その通りだ。ただな、鑑取りがちっとも進行していない。田丸さんはフリーのトラベルライターだったわけだが、仕事上で対立したり憎まれたりしている人間は見つかっていない。捜査本部では出版社や新聞社などの担当者にも当たってみているが、田丸さんは仕事もきちっとやるし性格的にも問題のない人物だったようだ。また、プライベートな交友関係にもとくに怪しい人物は見つかっていない。さらに、交際している女性は長い間、いなかったようだ」

「あらあら、困りましたねぇ」

どこか他人ごとのように大友は言った。

「だから二ヶ月以上も時を費してしまった。さらに捜査範囲を拡大して鑑取りを継続するしかないだろうな」

「いつかはなにかにぶつかりますよ」

励ますように大友は言った。

そうだ、いつかはなにかに必ずぶつかる。そう考えるしか、自分を奮い立たせる力は湧いてこなかった。

「ひとつだけ気になっていることがある」

「なんですか？」

春菜は康長の横顔を眺めながら訊いた。

「田丸さんの交友関係は、あまり古くまで辿れないんだ」

「というとつまり……」

「そうだ、おおむね二五歳以上の頃から交友が始まった友人ばかりなんだ。大学時代以前の友人がなかなか見つからないでいる」

「そこにもなにかありそうですね」

「うん、だから三期からは、田丸さんの若い頃の友人捜しに力を入れている」

「きっとなにか出て来ますよ」

春菜は今後の捜査の進展に期待していた。

「ところで、腹減ったな」

康長がつぶやくように言った。

「しまったぁ！」

大友が素っ頓狂な声で叫んだ。

「どうしたんだ？」

「ランチなら箱根ですればよかった……黒毛和牛会席にソバにイタリアンにフレンチ……いろいろあったのに」

悔しそうに大友は歯噛みした。

「なにをバカを言ってるんだ」

「せめて湯本くらいまで戻れませんかね?」

大友は顔の前で小さく手を合わせた。

「もうすぐ平塚だぞ、運転日報になんて書くつもりだ? 平塚—箱根湯本往復、摘要欄に黒毛和牛ランチのためとでも書くのか?」

康長はあきれて鼻から息を吐いた。

「あ、そうだ!」

大友は指をパチンと鳴らした。

「今日は四月一五日ですよね」

「それがどうした?」

「海がよく凪いでますよね」

「だからどうした?」

「湘南大橋で相模川を渡って、ちょっと行ったところでお昼にしましょ」

一転してニコニコ顔で大友は言った。

「何を食いたいんだ?」

「生シラスですよぉ」

「ああ、湘南名物ですね」

以前、江の島で食べたことがあった。春菜は納得した。

「一月から三月中旬は禁漁ですが、いまならオーケーです。時化なら船が出ませんが、今日はいっぱい出てます。湘南名物の生シラスがしっかり食べられますよ」

ウキウキ声で大友は肩を揺らした。

「仕方ねぇなぁ」

舌打ちしたが、康長はすでに根負けしている。

茅ヶ崎市に入ってすぐ、国道134号線沿いの魚介料理店にクルマを乗り入れた。

きれいな店舗に入ると、三人とも生シラス丼とシラスの天ぷらを頼んだ。

独特のくにゅっとした歯ごたえと、苦みと甘みのバランスは春菜の身体を喜ばせた。

春菜はわがままな大友に少しだけ感謝した。

帰路は順調で四時過ぎには海岸通りに戻ってこられた。

箱根まで足を伸ばした甲斐はあった。

奇妙な男としか思っていなかった大友を見直す機会ともなった。

茅ヶ崎とは香りの違う潮風を感じながら、春菜は県警本部のビルに入っていった。

第二章　温泉ヲタクたち

1

翌日の午後七時ちょっと過ぎ、春菜と康長は小田急多摩線の栗平（くりひら）駅の改札にいた。

春菜はもちろん初めて来た場所だし、栗平という駅名すら知らなかった。

川崎市麻生（あさお）区に位置するそうだが、比較的新しい住宅とマンションの間を通ってきた小田急多摩線には、春菜が抱く工業都市川崎のイメージはまったくなかった。

地図で確認すると、東京都町田（まちだ）市と稲城（いなぎ）市に挟まれ、多摩（たま）市と接している。神奈川県側から考えると盲腸のように出っ張った部分とも言える。どちらかというと東京都の多摩地区に近い雰囲気なのかもしれない。

「なつかしいな」

駅で降りるなり康長がつぶやいた。

「え、浅野さん、栗平駅初めてじゃないんですか？」

「俺、この小田急多摩線の先にある多摩センター駅からモノレールで行く大学の出身なんだよ」

「浅野さん、このあたりで青春時代を過ごしたんですか」

　初めて聞いたような気がする。

「俺自身はずっと北の日野市にアパート借りてたんだけど、この栗平にも友だちがいてね。ときどき遊びに来てたんだ。たいていはバイクで来たけど、この駅でも降りたことはあるよ。もう二〇年以上前の話だけどな。こんなスーパーあったかな？」

　北口を出てすぐ左手の小田急マルシェに目をやって康長は言った。

「学生時代と変わっていますか」

「とにかく二〇年前は、なんにもないところだったからなぁ。さっき多摩線に乗っている間も住宅だらけに変わってるんでびっくりしてたんだ」

　無駄話をしているところに、右手からいきなり男が現れた。

　五〇を過ぎたくらいのスーツを着てネクタイを締めたまじめそうな男だった。

「こんばんは、相良です。県警の方ですか」

相良は落ち着いた中音で声を掛けてきた。

温泉分野の登録捜査協力員、相良頼和であった。

待ち合わせの七時一〇分より三分ほど早かった。

「はい、刑事部の細川です」

「同じく浅野です。お時間を頂戴して恐縮です」

春菜と康長はそろって頭を下げた。

「仕事が終わってから直行してきたんで、食事まだなんですけど、つきあって頂いていいですか？」

相良は遠慮する風もなく言った。

「ええ、ご一緒しますよ」

春菜も実は少し空腹を感じていた。

康長もうなずいている。

「ちょっと歩いたところにパスタ屋さんがあるんですけど、そちらでいいですか」

「あ、わたしパスタ大好きです」

この際、康長の意思を確認する必要はない。多数決だ。

相良は二〇〇メートルほど歩いたところにある広い駐車場を持つ二階建ての店舗へと連れ

て行った。

建物の左側の大部分は壁面を構成する曲面ガラスが特徴的な明るい感じの書店となっており、一階の右端にはパスタレストランの看板が出ていた。

「へぇ、本屋さんのビルに入っているんですね」

「はい、こちらもよく利用しています」

相良は楽しそうに答えた。

三人はメニューが大きく掲げられたエントランスから店のなかに入った。

店内はガーネット色の壁とソファが特徴的な明るくも落ち着いた雰囲気だった。

春菜たちは相良に勧められて、この店の名物だというレッドカルボナーラを頼んだ。

パスタが来る間に、春菜と康長はそれぞれ簡単な自己紹介をした。

レッドペッパーをふんだんに使った珍しいカルボナーラを春菜は気に入った。

康長はワインが飲めなくて残念そうな顔をしていたが、勤務中である。

食事を終えてコーヒータイムになった。

たまたまなのか、わりあい空いていたので、気兼ねなく話ができそうだった。

名簿によれば相良は五二歳の団体職員で、この栗平の二丁目に住んでいる。

渡された名刺には多摩芸術振興財団総務課長とあった。

年よりもいくらか若く見えるだろうか。

よく陽に灼(や)けた四角い顔は、穏やかな人柄を感じさせた。

引き締まった身体つきはスポーツマンのようにも見える。

変わった雰囲気の人物でないことに、春菜はとりあえずほっとした。

春菜と浅野も名刺を渡した。

事情聴取する一般市民には、なるべく名刺を渡すようにと上からの指示が最近はうるさい。

「浅野さんは警部補、細川さんは巡査部長、ずいぶんと手厚い捜査なんですね」

名刺を見た相良はちょっと仰け反った。

「いえ、まぁふつうの態勢です」

康長は適当にかわした。

「それにしても細川さん、お若いですね。社会人一年生って雰囲気ですよ」

相良は春菜の顔をまじまじと見て感嘆の声を漏らした。

「よく言われます」

春菜は淡々と答えた。

若く見られて得することはあまりない。

「相良さんは多摩市鶴牧(つるまき)という場所にある財団法人にお勤めなんですね」

さりげなく春菜は会話を切り出した。

「ええ、多摩センター駅の近くにある財団法人に勤めています」

「どんなお仕事なんですか」

「美術系の団体で、おもに展覧会の開催と表彰事業を行っています。わたしの仕事は一般事務ですね」

仕事についての話はあまり気乗りしないようすだったので、さっそく本題に入ることにした。

登録捜査協力員に限らず、たくさんの情報を引き出すためには、相手の話によく耳を傾け、その気持ちに寄り添わなければならないと春菜は考えている。

最初に春菜は、登録捜査協力員は職務についている間は、非常勤特別職の地方公務員として扱われることを説明した。続けて、法律上の守秘義務はないが、ここで聞いた話を他言しないようにとの注意事項を伝えると、相良は絶対に他言しないと答えた。

「録音してもよろしいでしょうか」

春菜はＩＣレコーダーを取り出してテーブルに置いた。

「もちろんけっこうですよ」

相良は笑ってうなずいた。

「相良さんには温泉分野でご登録頂いているわけですが、温泉ファンもジャンルが分かれているのでしょうね？」

前回の事件で鉄道ヲタクはきわめて細かいジャンルに分かれていて、ジャンルが違うとつきあいも少ないという実態だった。

「そうですね……温泉通とか温泉ヲタクとか自称している人は多いですが、はっきりとジャンルが分かれているわけではありません」

「ジャンルはないのですね？」

「いえ、ジャンルごとに〇〇ヲタクといった決まった言葉がないだけで、温泉趣味というのはかなり細分化されているものと思います」

「たとえば、どんな趣味があるのですか？」

「便宜的にジャンルに名前をつけてみましょう」

「ぜひ教えてください」

「まずは《入湯数ヲタク》ですね。わたしには興味のない分野ですが……」

「温泉に入った数を競うのでしょうか」

「ええ、テレビ番組でもよく取り上げられていますので、知っている人は少なくないでしょう。わたしの友人にも五〇〇〇湯以上入った植松(うえまつ)という男がいます」

「五〇〇〇湯……」

康長は絶句した。

「ええ、植松は県の職員なんですが、休日をフルに利用して温泉巡りをしています」

「だけどさ、日本にそんなにたくさん温泉があるんですか？」

疑わしげな声で康長は訊いた。

「一昨年三月末時点の統計ですが、環境省発表の『平成三〇年度温泉利用状況』によれば、全国には二九八二箇所の温泉地と、二万七二八三の源泉があります。なので、五〇〇〇という数は実は施設の数らしいです。テレビでも有名な自称温泉チャンピオンという温泉評論家の方は、三〇年間の温泉行脚で八〇〇〇施設に入っているそうです」

スマホを取り出して康長は計算し始めた。

「三〇年ということは約一万九五〇日だ。単純に八〇〇〇で割ると一・三六八七五。二日に一度じゃとても追いつかないぞ」

康長は疑わしげな声を出した。

「八〇〇〇施設というと全国に出かけていかなきゃならないでしょ。移動時間もあるからそんな話じゃないと思いますよ。本当に実現できるのかしら」

春菜にも信じられなかった。

「実現できますよ……《入湯数ヲタク》は一日にいくつもの施設をまわるのです。一〇施設なんてふつうです。植松は一日で二八施設をまわったことがあると豪語していました」

「二八施設だって！」

康長が叫んだ。

「だから植松は、温泉旅館には滅多に泊まりません。旅館に泊まってのんびりしているくらいなら、いろいろな施設をハシゴして入湯数を稼ぎたいというクチなのです」

「そ、そうなんですか……」

春菜は二の句が継げなかった。

「さらに彼は、ひとつの風呂に三分間しか入らないのが標準なんです」

「三分！」

「短いですねぇ」

春菜も康長も驚きの声を上げた。

「わたしにとっては、そんなのは温泉に入ったことにはなりません」

相良は顔をしかめて吐き捨てるように言った。

「わたしもそう思います」

春菜もまったく同感だった。

自分は実家の舟戸屋に帰ると、たいてい二〇分から三〇分は浴槽に浸かっていると思う。宿泊客にもゆっくり湯に入ってもらいたいといつも願っている。

「もしすべての湯に本当に三分間しか入らないのなら、《入湯数ヲタク》ってのはあまり意味がないと俺も思いますよ」

康長は口を尖らせた。

「全国の衛生研究所や保健所等の医師が『入浴時間は入浴温度により異なるが、初めは三〜一〇分程度とし慣れるに従って延長してもよい』と指示していることを、植松たちは根拠にしています。温泉の脱衣室などの成分分析表に付記されている『浴用上の注意点』に記されていることが多いですが、ご覧になったことはありませんか」

「ええ、見たことがあります」

舟戸屋の脱衣場にも、富山県衛生研究所発行の成分分析表をアクリル板に転記したものを掲示してある。温泉の禁忌症として急性疾患や悪性腫瘍などが列挙されていることも知っているが、すみずみまできちんと覚えてはいなかった。

「ですが、これは休憩時間を取って、再度入浴することを前提としている注意点です。また、わたしに言わせれば、指示そのものがまったく現実的ではありません」

「なぜですか？」

「だって、この注意書きは泉温や泉質お構いなしに、どこの温泉でも同じことが書いてあるんですよ。世の中には比較的低い温度の温泉もあります……あ、そうだ。細川さん、日本の法律では温泉とはどのように規定されているかご存じですか」

ちょっと意地の悪い調子で相良は訊いてきた。

「温泉法に定められていますよね。湯温が二五度以上か、もしくは規定物質が一定量以上、含まれているかどちらかの条件を満たせば温泉です」

春菜はさらっと答えた。

温泉旅館の娘だ。それくらいのことは知っている。

「素晴らしい！　この定義をご存じとは」

相良はかるく拍手した。

「まぁ、それ以上、詳しくは知らないんですけど」

春菜は照れ笑いを浮かべた。

「昭和二三年に制定された温泉法第二条では『地中からゆう出する温水、鉱水及び水蒸気その他のガスで、別表に掲げる温度又は物質を有するもの』と定義されています。別表には、摂氏二五度という温度と、さまざまな物質が必要な含有量とともに列挙されています。ところで、この文言からもわかるように、温泉と認められる要件は別表の『温度又は物質』なのです。つまり温度が二五度以上なら列挙されている物質は含まれなくてもよく、逆に列挙されている物質が規定量以上含まれていれば、たとえ摂氏零度の泉温であっても温泉です」

なんのことはないという調子で相良は言った。

「摂氏零度の温泉って日本語は、おかしいじゃないですか」

二の句が継げないという顔で康長は言った。

「たしかに論理的には矛盾してますよね」

相良は笑って答えた。

「法律がそんな矛盾した定義を設けているとはな」

康長は納得できないようだ。

「で、一例を挙げますが、わたしの好きな温泉宿のひとつに新潟県の魚沼市にある湯之谷温泉郷の駒の湯温泉の一軒宿、駒の湯山荘という旅館があります。越後駒ヶ岳の山懐に抱かれたこの秘湯はまた、数年前までは全国でも少ない電気の来ていないランプの宿でした。携帯の電波も届かないのがまたいいです。それこそ時間を忘れて逗留したい宿なのです」

相良はうっとりとした顔になった。

そんな宿に春菜も泊まってみたいと思った。

「駒の湯山荘さんは泉質もすぐれているのですね」

相良は笑みを浮かべてうなずいた。

「はい、まず特筆すべきはその湧出量です。毎分なんと二〇〇〇リットル。どことは言いませんが、数十軒の温泉旅館を有するある温泉郷とほぼ互角の湧出量です。数室の旅館ですからどうしたって使い切れないほどの量です。もちろん自噴です」

「たしかにすごい湧出量ですね」

春菜は舌を巻いた。

舟戸屋は自噴ではなくボーリングによる掘削自噴だが、湧出量は毎分二・六リットルに過ぎない。だが、毎分数リットルも湧出していれば、小さな温泉旅館なら潤沢な湧出量と言える。

「ここの湯はアルカリ性単純温泉なんですが、泉温は三二度です。温泉法の両方の条件を満たしているわけです。摂氏三二度は体温よりも低いですから、入ってみると少しひんやりします。温かくないのです。それでじっくりと三〇分も入っていると、全身の肌に細かな泡がいっぱいくっつきます。これはお湯のなかの二酸化炭素の成分なのですが、ある医師の研究によれば、肌に付着したこの泡が弾けるときに出る音波も身体にとてもよいそうです。いずれにしても、この風呂に三分間しか入らなかったら、風邪を引いてしまいます。内湯には加熱した浴槽もありますが、二酸化炭素の泡は三二度の浴槽のほうがずっとたくさんつきます。

なので、わたしはおもに清流沿いの加熱していない露天風呂に入ることにしています。ほかにも名湯として知られる温泉には同じくらいのぬるい湯がたくさんあります。こうした泉温が低めの温泉にも一〇分しか入るなという医師の指示はわたしには納得できません」

相良は鼻から息を吐いた。

「ほかにもぬるいままで入るお風呂はたくさんあるのですか？」

春菜は不思議に思って訊いた。

庄川温泉郷は源泉によって、三〇度前後から九〇度台とかなりの温度差がある。

舟戸屋では二五・七度の源泉をボイラー過熱することで浴用に供している。

「はい、名湯が多いです。駒の湯と同じエリアにある栃尾又(とちおまた)温泉、その名の通りの微温湯(ぬるゆ)温泉は福島県の名湯です。交通事故の後遺症に特効があるとされる山梨県の下部(しもべ)温泉などは、ほとんど三〇度前後で源泉に長時間浸かることが効能を高めるとされています。さらにユニークなのは、大分県の寒(かん)の地獄温泉です。ここは一三、四度しか泉温がないのですが、五分から二〇分源泉に入り、そのあとで別室のストーブで身体を温めてまた冷泉に入るという入浴法を夏場に限って奨めています。さすがに寒の地獄には三分で出ろとは書いてありませんが……」

相良はのどの奥で笑った。

「やっぱりさ、温泉ってのはゆっくりのんびり浸かっていたいですよね」

康長の言葉に、相良は我が意を得たりとばかりにうなずいた。

「そうですよ、温泉趣味っていうのは、ゆっくり楽しむのが本分だと思います。効能も考えず、ただ入湯数を稼ぐなんて。そんなのは天からの偉大な恵みである温泉を愚弄する行為だと思います」

相良は眉間に深いしわを寄せて憤慨した。

なんと答えてよいのか春菜は困った。

「あとはどんなジャンルがあるんですか？」

春菜はジャンルにこだわっている自分をおかしく感じた。しかし、鉄道ヲタクではこのジャンルの問題が意外と大事だったのだ。

「そうですね、まずは《成分ヲタク》ですね。これは《効能ヲタク》と呼び変えてもいいでしょうね。先に挙げた温泉法の別表の物質とその効能にやたら詳しく、こだわりのあるヲタクです。次に《野湯ヲタク》が挙げられます。自然のなかに自噴していてそれを利用した商業施設がない天然の温泉が好きで、これを追い求めているヲタクたちです。ちょっと変わっているのが《廃湯ヲタク》ですかね。廃業した温泉旅館などが好きでその跡地を訪ねているヲタクたちです。続いて《温泉史ヲタク》です。我が国民は古くから温泉に親しんできました。史実、伝説と温泉にまつわるエピソードは星の数ほどありますが、それらを学ぶことや掘り起こすことを趣味としているヲタクたちです。続いていちばん贅沢なのは《宿ヲタク》です。いや、これはヲタクと呼ぶのはどうかと思いますが、とにかくたくさんの宿に泊まることを趣味としている人々です。当然ながら時間的にも経済的にも余裕のある人たちです。その派生型として《名旅館ヲタク》や《秘湯の宿ヲタク》というべき人々がいます。前者は説明するまでもありませんね。後者は《宿ヲタク》のなかでも山奥の一軒宿などを中心に訪ね歩いている人々です。先にも申しましたように、このジャンル名はわたしが勝手につけたものです。ですが、温泉ヲタクといってもかなり幅広いことがおわかり頂けることと思います」

相良は一瀉千里（いっしゃせんり）に説明した。

温泉ヲタクにもやはり細かいジャンルは存在するのだ。

だが、鉄道ヲタクに比べるとずっと少ないようだ。

もちろん《宿ヲタク》は大歓迎だ。だが、ほかの温泉ヲタクたちは、温泉旅館に利益をもたらすものではないのかもしれない。

それにしても《廃湯ヲタク》や《温泉史ヲタク》は実際に温泉に入るのだろうか。

「相良さんはどんな分野がお好きなのですか？」

春菜の問いに、相良は一瞬、思案げな顔になった。

「わたしはまぁ、あえて言えば《秘湯ヲタク》ですね」

「秘湯っていうのはどんな概念なんですか？」

春菜はあらためて訊いてみた。

よく耳にする言葉だが、正確な意味はわかっていなかった。

「もともと秘湯という言葉は、朝日旅行会という旅行会社の創業者で岩木一二三（いわきひふみ）という人が一九七五年に生み出した造語です。岩木氏は『日本秘湯を守る会』という一般社団法人の設立に寄与しましたが、その際にこの言葉を生み出したのです。なかなか味わい深い言葉だとわたしは思っています」

「秘湯を守る会のことは聞いたことがあります。かつては富山県でも何軒かの宿が加盟していましたね。たとえば大牧（おおまき）温泉も加入していたことがあるはずです」

「お詳しいですね」

相良は驚きの声を上げた。

「あ、わたし富山県の出身なんで……」

温泉旅館の娘であることは口にしたくなかった。

ヘンに色眼鏡で見られて、話したいことも話せなくなる怖れがあるかもしれない。

「秘湯を守る会は『バスも通わぬ交通の不便な山の温泉宿』三三軒で始めた小さな宿の組織です。現在は百数十軒が加盟していますが、加入脱退が比較的激しいように思います。まぁ、設立から四五年です。すでに秘湯という言葉はこの団体と離れて独り歩きしていますので」

「では、秘湯とはどんな温泉を指すのでしょうか？」

「それこそ定義がありません。あえて言えば、山奥や離島、へんぴな村などにあるあまり人に知られていないひなびた温泉でしょうか。日本秘湯を守る会とともに生まれた言葉なので、どちらかというと辺境の温泉旅館を指す言葉ですね」

「なるほど、秘湯イコール秘湯の宿と考えてもいいわけですね」

「まぁ、そういうことだと思います」

「でも、たとえば大牧温泉などは大変に立派な大型旅館ですね」

あの宿はたしか二十数室で一五〇人くらいの収容人数を持っていたはずだ。外国人観光客も多数訪れると聞いている。

春菜の感覚から言えば、秘湯とはほど遠い気がした。

「うーん、そうですね。でも、まぁ、船でしか行けない一軒宿だし、まわりには家が一軒もありません。建っている場所自体は庄川沿いの辺境ですから秘湯の宿と言ってもよいのでしょうね」

相良の答えは歯切れが悪かった。

「なんだか秘湯の意味がわからなくなってしまいました」

春菜の言葉に、相良は苦笑を浮かべた。

「秘湯の概念はとてもあいまいなものです。だから、ある温泉をあげつらって、それは秘湯じゃないとか言うことに意味はないと思いますね。たかだか趣味の世界です。自分がよい温泉と感じた湯にゆったり浸かれば、それでいいと思っております。入湯経験を誰かと競うつもりもありません」

相良は穏やかな性格で常識的なものの考え方をする人物のようである。

「大牧温泉は船でしか行けないわけですが、船と温泉でおもしろいお話を思い出しました」

「教えてください」

春菜は明るい声で訊いた。

「山形県南西部に飯豊町という町があります。米沢盆地の西側で、川西町と長井市と接する飯豊山麓の人口七千人ほどの町です。この飯豊町の中心地から飯豊山の山裾に分け入ったところに白川湖という人造湖があります。一九八〇年代に最上川源流の白川を堰き止めたダムによって生まれた湖ですが、湖畔には白川温泉白川荘という公共の宿があります。米沢盆地周辺には米沢十湯をはじめとする素晴らしい秘湯の宿がたくさんありまして、僕もあちこち入りにいっています。それらの温泉と比べると白川温泉の秘湯感は薄いのですが、別の楽しみがあるので何回か泊まっています」

「どんな楽しみなんですか？」

康長が興味深げに訊いた。

「白川湖は美しい水没林で有名なんです」

「ダム湖に沈んだ木々の景色ってわけですね」

身を乗り出して康長は訊いた。

「ええ、新緑のヤナギが満水のダム湖にまるで浮かぶように見える景色です。雪解け水が貯まる四月中旬から下流域の田植えのために放水する五月中旬までのほんの一ヶ月ほどしか眺められない貴重な景色です。朝霧が出やすい場所なので、そんなときにはとても幻想的なおとぎの国のような景色がひろがります」

「見てみたいです」

春菜の声は弾んだ。

脳裏に幻想的な景色が浮かんだ。

「埋没林は湖畔の白川ダム湖岸公園から眺めることができます。ところが、年間に二日間ほど、この眺めを湖上から間近に見るチャンスがあるのです」

「湖上からですか」

康長は身を乗り出した。

「《新緑の白川湖体験巡視》と銘打った公共のイベントなんですが、巡視艇に乗せてくれて湖上遊覧を楽しませてくれるのです」

「珍しいな。ダムの巡視艇なんか、なかなか乗れないでしょう」

「そうなんです。一回一五分程度なんですが、小さな巡視艇なんで水没林のなかまで分け入ってくれます。じっくり観察できてアドベンチャー気分満載で、本当に感動ものです」

「へぇ、そいつはいいな」

「しかも、事前に予約を取ることはできず、白川荘の前で受付して先着順なのですよ。二艘の巡視艇は一日中フル稼働ですが、僕はこれがお目当てで白川荘に泊まることにしています。山菜の季節なので食事も最高です」

相良は嬉しそうに微笑んだ。

「まぁ、その二日間だけじゃ、俺が行ける可能性はないなぁ」

康長が悔しそうな声を出した。

「白川温泉から飯豊の山中に十数キロ分け入ったところに広河原(ひろがわら)温泉という素晴らしい一軒

宿がありまして、日本で唯一、入浴できる間欠泉があって湯ノ華という旅館が営業していま す。本当の山奥で、これこそ秘湯なのです。むかしから野湯として有名だった場所です。本当の山奥に立派な宿ができたので大変に喜んでいたのですが、現在は休業してしまっていま す。そもそも山形県は秘湯の宝庫で……」

相良は熱に浮かれたように山形県の秘湯について語り始めた。

その後も、相良は自分のお気に入りの秘湯の話を熱っぽく喋り続けた。

だが、事件につながりそうな情報は得られなかった。

そろそろ切り上げたい時間となってきた。

「トマユという言葉をご存じですか？」

春菜は肝心の質問を口にした。

「さぁ、わたしは耳にしたことはないですね」

相良はおぼつかなげに答えた。

「被害者の方が書き残しているのですが」

くどいと思いながらも春菜は念を押した。

「申し訳ないです。わかりません」

相良は頭を下げた。

さらに田丸のネット上の活動についても訊いたが、相良はなにも知らないようだった。たいした収穫もないままに、春菜たちは店外に出た。

二人は相良に礼を言って、栗平の駅を目指した。

どこかで鳴いているカエルの声が早くも聞こえてきた。

2

翌日の午後五時半過ぎ、春菜と康長は横浜市金沢区(かなざわ)の能見台(のうけんだい)駅近くのファミリーレストランにいた。

前の通りは、このあたりでは横須賀(よこすか)街道と呼ばれる国道16号線である。店に入るときにはひっきりなしにクルマが行き交っている道路を歩道橋で渡ってきた。

ビニールソファの向こう側に座っているのは、永井直人という名前の五三歳の協力員だった。

ダンガリーシャツにチノパンというおとなしい恰好だが、永井は年よりもずっと若く見える。四〇代半ばくらいのイメージだ。

鉄道ジャンルの協力員と比べて温泉ジャンルの協力員は年齢層が高い。

考えてみれば、各地の温泉をゆっくり巡るのは、時間的にも経済的にもゆとりがないとできないことだろう。

「永井さんは横浜市内にお勤めなんですよね」

「磯子区の造船メーカーの研究所にいます。電子基盤開発研究の仕事をしています」

「研究員さんですか」

「まぁそういう仕事です」

永井は衒いもないようすで答えた。

「早い時間に申し訳ありません」

「フレックスタイムの勤務なので大丈夫です」

永井はゆったりと笑った。

登録捜査協力員の職務内容についての注意事項を説明した後で春菜はゆっくりと切り出した。

「今年の二月、箱根の仙石原温泉で、ひとりの男性が凍死体で発見されました。今日はその事件のことで、永井さんがなにかご存じのことがあれば伺いたいと思ってお時間を頂戴しました」

「ああ、報道されていましたね。田丸昌志さんの事件でしょう」

永井はさらりと言ったが、春菜は驚いて訊き返した。

「ご存じなんですか」

「ええ、温泉好きのなかでは彼は有名でしたからね。ブログやYouTubeのファンも多いようですし……」

眉を曇らせて永井は言いよどんだ。

微妙な表情だが、田丸昌志についてあまりよい感情を持っていないようだ。

田丸の話を訊くのは後まわしにすることにした。

「永井さんはどんなジャンルがお好きなんですか？　前にお目に掛かった協力員さんは《秘湯ヲタク》だっておっしゃっていましたが」

「ジャンルというのもなんですが、僕は言ってみれば《秘湯ヲタク》と《廃湯ヲタク》ですね」

永井はさくっと答えた。

本当に《廃湯ヲタク》というものがこの世に存在したのだ。

「《廃湯ヲタク》は営業をやめてしまった温泉旅館を訪ねる趣味ですよね？」

春菜にとっては笑えない話だ。実家の舟戸屋がいつ廃湯になるかわからないのだ。

「そうです。ま、正確には《廃旅館ヲタク》なのかもしれません」

「廃湯でいちばん楽しかったのは、どちらですか？」

とりあえず春菜は、永井に好きに喋らせてみることにした。

協力員たちのヲタク話を聞くうちに、彼らが熱を入れて喋ることで、その人物の人柄が見えてくることがわかってきた。

「楽しくもあり、淋しくもあったのは、青森市の裏八甲田山中にあった田代元湯ですね。新田次郎先生の名作『八甲田山死の彷徨』にも登場する秘湯です」

「テレビでやってた『八甲田山』という映画で見たことがあります。たしか北大路欣也さんが隊長の部隊が吹雪のなかで遭難死するお話ですよね」

春菜は永井の話題に積極的に乗った。

「小説は史実と異なる部分もありますが、明治時代に実際に起こった事件をもとにしています。一九〇二年の冬に雪中行軍訓練中の青森歩兵第五連隊の将士が吹雪に巻かれ二一〇名中一九九名が亡くなるという近代史上でもまれに見る山岳遭難事故です。この第五連隊が目的地としたのは遠いむかしに廃湯になっている田代新湯です。田代新湯は高原のなかにぽつんと湯船だけが残っている野湯となっています。田代元湯はその隣に位置し一九九五年までは温泉旅館が営業していました。映画で緒形拳さんが演じていた村山伍長のモデルとなった村松文哉伍長がからくも最後の生存者として救出された地点でもあります。またほかにふたりの兵士が休業中の田代元湯に辿り着き、温泉だけを飲んで生きながらえました」

「どんなところが楽しかったのですか」

「僕は高校二年生のときの一九八四年の夏休みに田代元湯に泊まったのです。北東北一周のバイクひとり旅でした。田代元湯はもちろん冬は営業していませんでした。かつては二軒の宿があったのですが、もうずっと前から《やまだ館》一軒だけの営業となっていました。バイクを林道の宿入口に駐めてから三〇分くらいは歩いたと思います。この宿には電気も電話もきておらず、灯油ランプだけの宿でした」

「新潟の駒の湯さんみたいですね」

相良から聞いた宿の話を思い出した。

「ああ、あちらも素敵な宿ですね。でも、歩いてしかゆけず建物も古色蒼然としている田代元湯はさらに雰囲気がありました。夕飯も川魚の塩焼きと山菜の天ぷらがメインの素朴なものでした。当時は川沿いに素晴らしい岩の露天風呂と木造の湯小屋がありました。そこへ行こうとしたら、宿のおばさんが懐中電灯を貸してくれました。外へ出てよくわかりました。とにかく真っ暗で、懐中電灯なしでは一歩も歩けないのです。たまたま新月だったのか、夕方に月が沈んでしまう時期だったのでしょう。そこで、僕は生まれて初めて真の闇を経験したんです」

永井ははしゃぎ気味の口調で言った。

「どういうことですか？」

「ちょっと歩いたところで、試みに懐中電灯のスイッチを切ってみたんです。そしたら、自分の掌（てのひら）が見えないんです。細川さんはそんな経験したことありますか？」

「いいえ……想像もつかないです」

郷里の庄川温泉郷も、街からちょっと離れるとかなり暗い。だが、やはりどこかに街灯の灯りはある。

また、かつて八ヶ岳（やつがたけ）の主峰赤岳（あかだけ）の山頂にある赤岳頂上山荘に泊まったことがある。茅野（ちの）市をはじめとする麓の灯りがかなり明るくて驚いた。島嶼部（とうしょぶ）は別として、北アルプスの最奥部であるとか、北海道の山奥くらいしか、我が国で人工的な光を感じない場所はないのではないだろうか。

「僕は興奮しました。空を見上げて叫び声を上げました。あんなにすごい星空は後にも先にも見たことはありません。夜空に手を差し伸べると星が隠れて自分の手のかたちが黒い影になってわかるのです。こんな体験もしたことはなかった。露天風呂に入ってからも僕は何度も夜空に手を差し伸べました」

「わたしもそんな露天風呂に入ってみたいです」

「夜間の入浴はこのとき一度きりとなりましたが、それから一五年後にも僕は田代元湯を訪ねました。すでに宿は廃業し、建物も崩壊して廃墟となっていましたが、地元の有志の方々の手で時おり掃除がなされていたのです。僕が行ったときは岩風呂の露天風呂は藻が一面に漂っていてちょっと入れませんでした。でも、屋根の崩壊した湯小屋の後の木造の湯船には入ることができたのです。湯温もちょうどよく、大感激でした。いやぁ、ブヨに食われまくりましたけどね」

「なるほどそういう廃湯があるのですね」

「ただし、一〇年ほど前に途中の谷川に架かっていた橋が落ちて、いまは辿り着くことがかなり困難になりました。また、駒込ダムというダムを建設中でこのダムが完成すれば、ダム湖の底に沈むと言われています」

「すべてが湖の底に消えてしまうんですね」

「ええ、たとえば、北海道の熊谷（くまがや）温泉、山梨県の奈良田（ならだ）温泉、福島県の日中（にっちゅう）温泉、群馬県の笹ノ湯温泉、同じく川原湯（かわらゆ）温泉、富山県の大牧温泉などがそうです」

「あ、大牧温泉ってダムに沈んだんですか」

「はい、一九三〇年の小牧（こまき）ダムの完成によってダム湖に沈んだ温泉です。でも、その際に高いところに宿を移動して営業をしています。九〇年も前の話ですね」

地元なのに知らなかった。春菜は恥ずかしさで頬が熱くなった。

「大牧温泉もそうですが、奈良田温泉や笹ノ湯から名称を改めた猿ヶ京温泉、川原湯温泉、日中温泉などは移設して営業を続けています」

「なるほど、ダムに沈んだ温泉ってのは多いんですね」

康長は感心したようにうなずいた。

「熊谷温泉は、河東郡の上士幌町にある糠平湖に沈んだ温泉です。一九五六年に造られた糠平ダムによって生まれた湖ですが、湖畔にぬかびら温泉という温泉郷があります。で、熊谷温泉はぬかびら温泉からずっと山奥に入ったところにあったのですが、一九九二年に《廃湯ヲタク》たち三人が木製の湯船を造りました。三人の頭文字をとって、さわと温泉と名づけられたこの露天風呂には僕も入りに行きました。湖畔の干上がって荒涼とした崖上にあって秘湯感満点でした」

「いまも入れるんですか？」

春菜の問いかけに永井は首を横に振った。

「国立公園内に無断で設置した湯船なので、数年後に行政によって撤去されてしまいました。いまも岩の窪地に湯が溜まっているようです。僕は若気の至りで入りに行きましたが、ヒグマ生息地なので、近づかないほうが無難です」

「最近はクマの事故も多いからな」

康長は鼻から息を吐いた。

「さらにおもしろいのは、ダムのせいで廃湯になった露天風呂が復活した話です」

永井は気を引くような口調で言った。

「え？　そんなお風呂があるんですか？」

春菜は素直に驚いた。

「はい、福島県大沼郡金山町の大塩温泉というひなびた温泉にある幻の露天風呂です。金山町は秘湯の宝庫とも呼べる町で炭酸泉系の温泉が多い地域なのですが、大塩地区は町の井戸からも炭酸水が噴き出しているという土地です。で、只見川沿いに江戸時代から人々に愛されていたという温泉がありました。ところが、戦後間もない一九五四年に、少し上流に本名ダムが建設されたことによってダム湖の底に沈んで廃湯となってしまいました。新しい共同浴場はもっと高い岸辺に斜坑ボーリングによって作られ、五年前にリニューアルして立派になりました」

「その共同浴場は幻じゃないよな」

康長は身を乗り出した。

「もちろんです。共同浴場とは別の場所です。もとの露天風呂に近い、たつみ荘という民宿さんの敷地内の河畔に雪解けの季節のみ湧出する源泉があって、露天風呂が築かれているのです。降雪量などによって異なりますが、四月から六月のうちのほんの一時期だけ入浴可能な、文字通り幻の露天風呂なのです」

「永井さんはお入りになったのですね」

「ええ、三回入りました。地層に含まれる炭酸水と雪解け水の割合によって噴出するのですが、真っ赤な鉄色だったり、少し緑がかっていたり、日によって色味が変わるようです。とにかく濃い炭酸泉でして、湧出量は毎分数百リットルに及ぶそうです。川面からいくらもない高さにあるので、入浴しているとまるで只見川に浸かっているような錯覚に陥ります。まわりの林からはウグイスの鳴き声がのどかに響き、本当に素晴らしい露天風呂です」

「ぜひ入ってみたいな、その風呂」

弾んだ声で康長は言った。

「運がよければ無料で入ることができます。入浴できる時期にはかなりの数の秘湯ファンが押しかけます。このお風呂に入るときには、民宿たつみ荘さんの許可をもらってくださいね。とても素敵なご主人と奥さまです」

「いつか必ず入りに行きますよ」

康長は本気で言っている気がした。

「さて、この温泉にはもうひとつの伝説の風呂があります」

「伝説の風呂ってなんですか？」

春菜は身を乗り出して訊いた。

「二〇一一年の七月に会津(あいづ)地方は豪雨に襲われました。いわゆる新潟・福島豪雨です。この地域の幹線道路である国道252号線もダメージを受けて通行止めどころか橋が落ちるほどの状況でした。本名ダムも損傷を受けたために、ダムの湛水(たんすい)を中止しました。これにより只見川の水位が変わって、なんとダム湖に沈んでいたかつての共同浴場の湯船が姿を現したのです」

永井は声を張った。

「そんなことがあるんですか……」

春菜には信じがたい話だった。

「六〇年間も川底に沈んでいたのに、四角い木製のふたつの湯船は朽ちておらず、驚くべきことに湯もそのまま湧出し続けていたのです」

「永井さんも入ったんですか」

前のめりで康長が訊くと、永井は嬉しそうにうなずいた。

「これこそ僕の求める廃湯です。噂を聞きつけて飛んでいきましたよ。左右ふたつの湯船では赤みが違って、左側の方が濃いのですが泉質は同じだそうです。ここに限りませんが、温泉中の鉄分は湧出量が少ないほうが空気に触れたときの酸化が早く進むので赤みが濃くなるのです。ちょっとぬるめだけど、じゅうぶんに入浴可能な泉温でした。しかも炭酸含有量はピカイチで、あっという間に手足に泡がつくんですよ」

「そっちにも入りたいな。いまは入れるんですか？」

「ダムの放水量によって水没したり出現したりすると聞いていますが、まだ入れるものかどうかは残念ながら知りません。詳しくはたつみ荘さんに訊いてみてください」

「湖底から現れた幻の露天風呂なんて、ロマンがあるじゃないですか」

康長は弾んだ声で言った。

なにが康長の琴線に触れたのか……。

「もっとも、福島豪雨の爪痕はいまだに厳しく残っており、JR只見線も三箇所の橋梁が流されて寸断され、九年経ったいまでも会津川口（かわぐち）駅と只見駅の間はバス代替輸送となっています。会津大塩駅もその不通区間です。六〇年ぶりの幻の露天風呂だなんて喜んでいるような場合じゃないんですけどね」

しんみりとした声で永井は言葉を続けた。

「只見線沿線はとにかく多くの秘湯に恵まれています。効能の高い温泉もあちこちにあるんですよ。僕がある年の春、早戸温泉という只見線沿いの宿の風呂に入っていたとき、近所のご老人が入って来て話しかけてきたんです。『俺はこの脚を二回マムシに嚙まれてるが、傷口の上を縛ってこの風呂に入ったからあっさりと治っちまった。注射なんて打たなかったよ』なんてね。僕はこのじいさんいい加減なこと言ってるなと思って外に出たんですよ。そしたら手作りの効能書き看板に『マムシの解毒』と書いてあるんですよ」

「ええっ、本当に？」

春菜は驚いて訊いた。

「まぁ、むかしの話ですし、保健所などが分析した結果ではないと思いますが……。驚いて、そこで休んでいた近所のおばさんに訊いてみたら、『さすがにマムシに嚙まれたときに注射も打たないで風呂で済ませる人は少ないけど、スズメバチならぜんぜん問題ないよ。あたしもハチに刺されたって病院行かないね。ここのお湯に入ってりゃ治るから』なんて言うんですよ」

「びっくり……」

春菜は絶句した。

「ええ、硫酸塩泉の緑がかったお湯なんですが、地元の人は万病に効くってすごく自慢していましたね。ここは現在は軒宿の秘湯です。一時期廃湯になっていたんですが、完全復活して喜ばしい限りです」

「なるほど……」

「失われた秘湯のお話をしましょう。自然災害が作ったダムに水没してしまった温泉です」

「そんな温泉があるんですか」

「はい、宮城県の湯ノ倉温泉湯栄館という秘湯の宿です。栗駒山中にあるこの宿が好きで、僕は三度ほど泊まっています。電気の通じていないランプの宿で、迫川沿いに素晴らしい露天風呂がありました。ところが二〇〇八年六月の岩手・宮城内陸地震によってあちこちの崖が崩れたために大小五つの自然のダム湖ができ、湯栄館はその水底に沈んでしまったのです。やがて水は引きましたが、経営者の方々は宿の再建を断念されました」

「宿の経営者の方のことを思うとつらいですね」

舟戸屋はそういった災害に遭う怖れの少ない場所にあるが、春菜にとっては身につまされる話だった。

苦労して運営していた宿を閉じねばならなかった経営者の苦しい思いは想像して余りある。

「もとは林道の奥から二〇分ほど歩けばよかったんですが、その道は廃道となってしまいました。ほかの林道を通り迫川を徒渉してようやく辿り着くと、すでになにもなくなっていました。谷あいは川原へと変わっていて、源泉の場所もよくわからない状態でした」

永井は淋しげに言った。

「ほかにどんな廃湯がおもしろかったんですか？」

康長は身を乗り出して訊いた。

「北海道の標津郡標津町にある川北温泉ですかね。ここはかつて温泉旅館が存在したのですが、数十年前に廃業しました。ところが、建物が失われた後も、地元の人たちによって維持され続けていて、いまも入浴できます。脱衣場もあり、男女別になっていて間に仕切りもあるのです。僕のここでの経験が廃湯ヲタクへの道となったかもしれません」

「どんな経験ですか？」

「あれは一九八七年の夏休みです。僕は大学の夏休みを利用して北海道一周キャンプに出かけました。バイトで稼いだ金で、おんぼろジムニーを買って荷台にテントやシュラフを放り込んで、新潟港からフェリーに乗りました。人づてに聞いた川北温泉に辿り着くと、不思議なクルマが駐まっていました。スバル・ドミンゴという1リッターの四駆ワンボックスカーでした。クルマ自体は珍しくはないのですが、その前に柱を立ててブルーシートで大きな庇というか別室が作られていました。別室のまん中には黒い鋳鉄の薪ストーブが煙を立てていたのです。ストーブの横のディレクターズチェアにはメガネを掛けたかなりご高齢の老人が座ってマグカップを手にしていました。クルマから降りた僕がぼんやりご老人を眺めていると、湯上がりらしい地元のおじさんたちが四人くらい寄ってました。おじさんたちは僕のクルマのナンバーが横浜だと騒ぎ立て『あのご老人も横浜から来てる。立派な人だからあいさつしてこい』と言うのです」

「立派な人と言いますと？」

地元の人に尊敬されている他所者の老人に春菜は関心があった。

「よくはわかりませんが、風呂を掃除したり、風呂でふざける若者たちを叱りつけたりしていたようです。とにかくご老人は地元の人々に尊敬されていました。このあたりは他所者に対しておおらかな北海道人らしい土地柄だなと感じました」

「なるほどねぇ」

感心したように康長は言った。

「興味もあったので、僕はご老人のところに寄っていってあいさつしました。すると、ご老人は新聞紙で包んであった芋餅をどこかから出してくると、薪ストーブで焼いて僕にくれたのです。お礼を言って芋餅を食べながらご老人の話を聞きました。ご老人は横浜市港南区の港南台から来ている。今回は七月と八月の二ヶ月のつもりで来た。前回は七月一ヶ月だったので家内も一緒だった。夜はクルマのなかで寝て、飯はこのシートの下で炊いて食べている。もうすぐ八〇歳だが身体が動く限りはここに来る。そんな話をにこやかにポツポツしてくれました。会話の途中に釣竿片手の地元の青年がやって来て釣ったイワナを燻製にしてくれと頼みます。半分はおじいさんにあげるからと青年は笑っていました」

「仙人みたいな方ですね」

春菜の想像のなかで白髪白ひげの人物が思い浮かんだ。

「本人は航空技術者だったと言っていました。ところが、数年してから驚いたことに、この老人の話をある作家が小説にしていたんです。その小説は文藝春秋の『オール讀物』に掲載されていたと思います。残念ながら、タイトルも作者の名前も忘れてしまいました。その小説では、ひとりの美しくちょっとひねくれた少女がご老人のところに転がり込んで、不思議な共同生活を始めるという筋立てでした」

「本当の話ですか」

春菜が驚いて訊くと、永井は微笑みを浮かべてうなずいた。

「老人の話はすべて事実です。少女の話はまるきりフィクションなのかもしれません。僕はどこまでが本当の話なのか確かめたくて川北温泉を再訪しました。ですが、ドミンゴの姿はなく、近所のおじさんたちもご老人は何年か前から見えていないと嘆いていました。おそらくはもう北海道に来る力は残っていなかったのでしょう。この川北温泉の経験は僕にとっては大きなものでした。老人のような老後は僕にも可能なものなのかともう何年も考えていますが、答えは出ません」

声を立てずに永井は静かに笑った。

永井の話はおもしろかったが、役立つ情報は得られていない。

その後も永井の饒舌（じょうぜつ）は続いたが、めぼしい情報は得られなかった。

キリがないので、田丸のネット上の活動について尋ねてみることにした。

もっとも、田丸のYouTube投稿やブログの記事について、春菜はちらちら見ているだけだった。捜査本部のほうで詳細に検討しているからだった。

「田丸昌志さんのネット上の活動について、どのようにお感じですか？」

春菜が切り出すと、永井は天井に視線を移してちょっと考えてから、ゆっくりと口を開いた。

「あの人はトラベルライターが本業ですよね。でも、スポンサーである旅館などから金などをもらっていないですね。採り上げた旅館などのマイナス点もきちんと批判するような、おおむね良心的なリポートをアップしていますね」

「公平な観点からリポートしているのですね」

永井はあいまいな顔で笑った。

「でも、ちょっと鼻持ちならないところもあります」

「と言いますと？」

「ああ、なんて言うのかな。田丸さんは自分が気に入らない温泉は見下すんですよ。旅館の批判は営業妨害になっちゃうからしてませんけど、温泉地全体をひどく悪く言うんです」

「どんな風に批判するんですか？」

「これは実際には違う温泉地の話ですよ。たとえば、箱根なんか行くヤツの気が知れないみたいなこと平気で書いちゃうんですよ。箱根の温泉にすべて入ったわけでもないし、旅館に泊まったわけでもない。なのに、よくそんなこと書けるなぁって思ってましたね。わたしの好きな温泉地もいくつかやり玉に挙がってました。正直言って不愉快でしたね」

永井は顔をしかめた。

春菜はYouTubeで動画を見たときの田丸の甲高い声とうわついた喋り方を思い出した。

こんなことを言ってはいけないのかもしれないが、春菜にとっては生理的に苦手なタイプだった。

「それでは、敵対していた人物もいるということでしょうか？」

「いや、わたしは知りません。支持者のほうがずっと多いんですよ。それに、まさかその温泉地の誰かが田丸氏を殺したわけでもないでしょうから」

乾いた笑いを永井は浮かべた。

「まぁ、それはそうですね」

康長はあいまいな顔でうなずいた。

「ブログなどで悪く書いてしまうぞと、温泉事業者など特定の旅館さんを脅して金を巻き上げている悪質な人物の話を耳にしたことはありますが……」

永井は言いよどんだ。

「そんな人がいるんですか！」

驚くと同時に、怒りと不安が春菜の胸に渦巻いた。

舟戸屋は有名でも大きくもないが、そんな被害に遭ってはいないだろうか。

そのうち、実家に電話してみよう。

「ええ、飲食店ほど多くはないようですが、そんな輩がいるようです」

「いわゆるタカリ行為ですね。完全に恐喝罪を構成しますよ。そういう被害に遭った旅館はすぐに警察に通報してほしいです」

康長は眉間にしわを寄せた。

「まぁ、はっきりと言うのではなく、なんとなく匂わせるだけだと聞きましたが」

永井は自信なげに言葉を濁した。

「明示でなくて黙示でも脅迫は成立するというのが確定判例です」

目を吊り上げて康長は息巻いた。

康長以上に腹は立っていたが、問題は田丸がどうかの話である。

「田丸さんがそういった脅迫行為に関与していたような噂を聞いたことがありますか」

春菜は平らかな声で尋ねた。

「いいえ、田丸さんについてはそんな噂を聞いたことはありません」

きっぱりと永井は否定した。

今日はこの後、三人目の協力員と会う約束ができていた。

そろそろ話を切り上げねばならなかった。

先日の事件で村上義伸(むらかみよしのぶ)という高校生に会ったのと同じ、相鉄いずみ野線の緑園都市駅に向かわなければならなかった。

「ところで、永井さん。トマユって言葉を知っていますか？」

春菜は肝心の質問を投げかけた。

「どこかで聞いたことはある言葉ですが……たしかそんな名前の廃湯があったような」

「廃湯の名前なのですか」

春菜が気負い込んで訊くと、永井は首を傾げてしばらく考えていた。

「残念ながら思い出せません」

申し訳なげに永井は謝った。

「いえ、実在した温泉の名前とわかっただけでも収穫です」

頭を下げて春菜は礼を言った。

次の目的地に向かうため、春菜たちはそそくさと店を出た。

3

春菜と康長は横浜方面へ向かう京浜急行の電車に乗り込んだ。

三人目の捜査協力員は村上顕行という三七歳の男性だった。

職業は県立鳥が丘高校の教員とある。

先日と同じ《相鉄ローゼン》に入っているドーナツ・ショップで午後八時に待ち合わせていた。

二人が店に入っていってもわからなければ、村上の携帯に電話を入れることになっていた。

だが、すぐに奥の席で春菜と同世代の男が立ち上がった。ブリーチの効いたデニムの上に、紺色のコットンパーカーを着た長身で筋肉質の男だった。

春菜たちは男の席へと歩み寄っていった。

「村上です。はじめまして」

村上は元気よく頭を下げた。

対面に座って名刺交換すると、村上は親しげに微笑んだ。

「いやぁ、先日は僕の甥(おい)っ子がお世話になりました」

快活な調子で答える村上の顔を春菜は見つめた。

義伸ほどおとなしい顔立ちではないが、どことなく似ている。

逆三角形の顔にシャープな目鼻立ちで、かるく茶髪にした長めの髪がよく似合っている。目元も明るく生徒たちに人気のありそうな教員だった。

「村上義伸さんの叔父(おじ)さんなんですね」

「はい、義伸は僕の兄の長男です。実は僕が捜査協力員に登録するって話をしたんで、あいつも登録したようです」

「甥御さんには事件解決に有力な情報をご提供頂き感謝しております」

義伸の指摘は解けなかった謎を解く重要な手がかりとなってくれた。

「実家に帰ったら、義伸のヤツ、得意げに自慢してましたよ」

あのおとなしい義伸も叔父にはそんな顔を見せるのかと思うと微笑ましかった。

「村上さんは学校の先生なんですよね」

「はい、戸塚区にあります鳥が丘高校で社会科の教員をしています」

村上は笑顔で答えた。

時間も遅い。捜査協力員の職務内容についての注意事項を説明した後で、まずは肝心な質問から入ることにした。

「さっそくですが、トマユという言葉についてご存じでしょうか」

あまり期待せずに春菜は尋ねた。

永井の言葉で実在する温泉だということだけはわかったが、それ以外にはなにもわかってはいなかった。

「ああ、トマユですか。知ってますよ。福島県にある廃湯のひとつ、薬師岳温泉の別称です」

案に相違して、村上はさらっと答えた。

「本当ですか！」

「マジかよ！」

春菜と康長はほぼ同時に叫んだ。

「ええ、トマは苫小牧の苫であとは湯です。福島県の安達太良山中に存在した温泉で、数年前に廃湯になっていたはずです」

「やった！」

「よっしゃ！」

春菜と康長がふたたび叫ぶと、村上は驚いて身体を反らした。

「安達太良山中の薬師岳温泉ですね？」

弾むこころを抑えて春菜は念を押しながらメモを取った。

「ええ、詳しいことは知らないのですが……」

戸惑いがちに村上は答えた。

「実はトマユというのは、被害者の田丸さんが何回か書き残していた言葉なんです」

「なるほど、思い入れがあったんですかねぇ」

村上は鼻から息を吐いた。

「薬師岳温泉の意味だとわかれば、これからの捜査に新しい展開が期待できます」

春菜は弾む声で礼を言った。

「薬師岳温泉では二〇〇八年頃に事故が起きてますね」

記憶を辿るように村上は言った。

「事故ですか」

春菜と康長は顔を見合わせた。

「ええ、宿の近くで噴出していた硫化水素ガスで宿泊客が亡くなったと聞いています」

村上は沈んだ声を出した。

「硫化水素ガス……大涌谷なんかで出てる、あの卵の腐ったような臭いのヤツか。那須の殺生石には飛ぶ鳥を落とすという伝説があるな」

康長はぼんやりと言った。

「いや、伝説の話じゃありませんよ」

村上は歯を剝き出した。

語気が荒かったので、今度は春菜が身を仰け反らせる番だった。

「その薬師岳温泉でも事故が起きたわけだからな」

康長が気まずそうに言った。

「薬師岳温泉だけではありません。我が国ではむかしからたくさんの硫化水素中毒事故が発生して、多くの貴重な人命が失われているのです」

真剣な口調で村上は目を怒らせた。

「そうなんですか」

春菜もそんな事故を一件くらいは耳にしたことがあったが……。

「まずは野外を例にとりましょう。古い話だと群馬県の草津(くさつ)白根(しらね)山系で一九七一年一二月に六人のスキーヤーが、一九七六年八月には三人の登山者が亡くなっています。また、一九九七年七月には八甲田山中の酸ヶ湯温泉付近で山菜採りに来ていた女子中学生一名が死亡し、三名が病院に搬送されるという事故が起きています。同じ年の九月には福島県の安達太良山で四名の登山者が亡くなりました。二〇〇五年には秋田県湯沢市の泥湯温泉の雪の窪地で一家四名全員が亡くなるという痛ましい事故が起きています。二〇一五年に同じ秋田県の仙北市にある乳頭温泉郷の源泉近くで市の職員ら三人が泥湯と同様の雪の窪地で死亡しました。酸ヶ湯も泥湯も乳頭もみんな素晴らしい温泉ですし、すでに警告表示などもしっかり設置されていますのでお奨めなんですけどね。ほかにもまだまだ事故例はあります」

いくぶん頬を紅潮させ、村上は熱を込めて話した。

「二一人も死んでるのか……」

康長はうなり声を上げた。

「温泉地付近の地獄地帯って恐ろしいんですね」

そんなにたくさんの人が被害に遭っているとは、春菜は少しも知らなかった。

それにしても村上の記憶力のよさには驚くばかりだ。

「地形的にわかりやすい熱水変質帯の地獄地帯とは限らないのです。たとえば、青森の現場は沢でしてね。写真で見る限りは、とても危険とは思えない場所です。硫化水素は目には見えない悪魔です。だから怖いんですよ」

　春菜は背中に寒さを感じた。

「実は旅館内での事故もあるんです。たとえば、一九八九年三月に鹿児島県新湯(しんゆ)温泉の治療泉の脱衣場で母子が亡くなっています。また二〇一四年一〇月には北海道足寄(あしよろ)町の温泉旅館の浴室で男性客が倒れて重体となりましたが、同じ浴室で過去に二人が搬送されて死亡した事故も硫化水素ガスが原因ではないかと疑われています。この旅館はすでに廃業しましたが……」

「箱根ではそんな事故は起きていないんですか？」

「箱根……そうですね。たしか、一九七〇年代に大涌谷の建築現場で硫化水素による死亡事故が発生していたと思います。また、死亡には到っていませんが、同じ頃に湯ノ花沢温泉でも中毒事故が発生してたはずです。でも、箱根は大型観光地ですから、きちんと対策は取られていると言っていいでしょう。大涌谷には何箇所かに硫化水素等の測定装置が設置されていて、観光客に避難を促すシステムが完成しています。湯ノ花沢で事故が起きた源泉は現在では使われていません」

「あの卵の腐ったような臭いに近づかなければいいんですよね」

　ところが、村上ははっきりと首を横に振った。

「それがですね、ある程度以上の濃度になると人間はあの独特の臭いを感じられなくなるんですよ。嗅覚がマヒするんですね。だからこそ怖いんです」

「よくわかりました」

「わかって頂いてよかったです」

満足げに村上は微笑んだ。

村上は善意に満ちた人間だと思うが、教えることに熱心すぎる気がする。

いかにも教員らしいなと春菜は思った。

「薬師岳温泉でも死者が出ているとなると、所轄に記録が残っているな」

康長がつぶやくように言った。

「二本松市になりますので、地元の警察署とかに問い合わせてみてはいかがですか」

「はい、そうします」

村上に言われるまでもなく、春菜は福島県警に連絡するつもりでいた。

今回の田丸の事件と、一二年前の硫化水素ガス事故とに関連があるという保証はない。だが、いずれにしても薬師岳温泉については詳しく調べてみる必要があった。

「薬師岳温泉のことは別としても、安達太良山はとてもよい山ですよ。高村光太郎の詩集『智恵子抄』でも有名ですが、〝ほんとの空〟と智恵子が愛した空を見ることができます。火口である沼ノ平の火山地形は一見の価値がありますし、北側の鉄山(くろがねやま)山中にある、くろがね小屋では最高の白濁の湯に入れます。また、山頂からは三六〇度のパノラマが楽しめます。南には筑波(つくば)山と関東平野、南西から南南西にかけては猪苗代(いなわしろ)湖と那須(なす)、日光(にっこう)、尾瀬(おぜ)の山々、南西から西にかけては越後(えちご)の山々、西から北西にかけては秋元(あきもと)湖と磐梯(ばんだい)山や飯豊連峰、北西から北にかけては吾妻(あづま)連山、さらに北側には福島平野と蔵王(ざおう)連山が望めるのです」

「そいつはいいなぁ」

康長は頬をゆるめた。

「ところで、村上さんは、どんな温泉ジャンルがお好きなんですか？　前にお目に掛かった協力員さんは《秘湯ヲタク》《廃湯ヲタク》だっておっしゃっていましたが」

春菜の言葉に村上はかるく笑った。

「《廃湯ヲタク》は珍しいですね。僕はまぁ《野湯ヲタク》となるんでしょうか」

「野湯について詳しく教えてください」

春菜の問いに村上はかるくうなずいて口を開いた。

「野原の野にお湯の湯と書いて野湯です。僕は北海道から沖縄まであちこちの野湯を訪ね歩いています。むかしはヤトウと呼んでいたのですが、最近ではノユと読む人が多いみたいです。趣味の世界ですから正式な定義はありません。一般的には山や海に自噴していてそれを利用した商業施設がない天然の温泉を指しています」

「典型的にはどんな野湯がありますか」

「有名な野湯というと矛盾しますが、日本三大野湯というのがあります。僕の好みは別としてご紹介しておきましょうか」

「お願いします」

「まずは北海道の知床(しれとこ)半島にあるカムイワッカ湯の滝です。斜里(しゃり)郡斜里町のカムイワッカ川にかかる滝ですが、自然の滝壺が温泉になっています。人の手はまったく加えられていないので間違いなく野湯です」

「テレビで見たことがあります」

「古くから知床八景としてオシンコシンの滝や知床峠、知床五湖とともに知られていました。僕は学生時代の二〇〇〇年に訪ねました。ここは知床国立公園内ということもあって人工施設はいっさい存在しません。すべてで四つの滝があり、いちばん奥の四ノ滝には、落差二〇メートルの二段の滝がありプールのようにひろい滝壺が温泉になっています。まさに豪快な野湯です。滝壺内の場所によっては熱いくらいの泉温でした」

「どんな泉質なんですか？」

「強酸性の硫酸泉ですね、入湯したときにちょっと舐めてみましたが、レモンジュースくらいに酸っぱくて目に入るとかなり痛かったですね」

「ちょっと行ってみたいですね」

「まったくお奨めしません」

「どうしてですか？」

「僕が行った頃はよかったのですが、知床が世界遺産に登録されてからは人気が過熱しましてね。まるで繁華街のように人がいます。クルマは入れずシャトルバスが運行されています。それどころか、落石などの危険を回避するために、現在は一ノ滝までしか入れません。おまけに、監視員が常駐するようになってしまいました。一ノ滝は泉温三〇度でぬるくて入っていられません。わざわざ行っても意味ないです。野湯ではあるが、秘湯ではない典型例ですね」

　村上は首を振って嘆いた。

「なるほど、野湯は有名にならないほうがいいのですね」

「ふたつめの日本三大野湯は、秋田県の湯沢（ゆざわ）市にある川原毛（かわらげ）大湯滝です。一キロほど奥に川原毛地獄という地獄地形の場所があります。川原毛地獄は青森県の恐山（おそれざん）と富山県の立山（たてやま）と並ぶ日本三大霊地とされています。この川原毛地獄近くの川底から湧出する温泉が沢水と一緒になって落差二〇メートルの滝となって落ちています。この滝壺が夏季はちょうどよい湯温になるのです」

「お入りになりましたか？」

「もちろんです。何回も行きました。滝をちょっとよじ登ると小さなくぼみがあって、ここまでは誰も上がってこないんで、谷全体を見下ろせるプライベート湯船って感じでとっても気持ちがよかったです」

「泉質はどうなんですか？」

「強酸性の塩化物泉です。あまり塩味は感じず、カムイワッカと同じように酸っぱくまた目に痛いお湯です。人工施設はなく野湯の醍醐味はいっぱいなのですが……問題があります」

村上は唇を突き出した。

「何が問題なのですか？」

「あまりに人が多いのです。ちょっと下にアスファルト敷きの駐車場があるのですが、夏休み期間中などはクルマでいっぱいです。深い山奥なのにもかかわらず、ダンス音楽を掛けてはしゃいでいる若い人たちに出会ったこともあります。山奥といっても駐車場までは舗装路で簡単に行けますからね。湯沢横手道路の須川インターから三〇分ほどです。駐車場から一五分程度の徒歩路もよく整備されていて子どもでも無理なく歩けます。環境を整えてくださっている地元の方々の努力には頭が下がります。でも、反面、場違いな輩がやって来ることも避けられないんです。ここも野湯だけど秘湯ではありませんね」

村上は苦笑を浮かべた。

「なるほど、有名な野湯は秘湯ではないという法則が成り立ちそうですね」

この矛盾した状態はどう考えればいいのか。

「うまいことをおっしゃいますね」

「三番目はどこですか？」

「鹿児島にある山之城温泉、通称川湯です。鹿児島県霧島市にあります。霧島火山帯の恵みによる温泉ですが、かなり行きにくい場所で、基点はＪＲ九州の隼人駅あたりになると思います。枝分かれしている林道の奥からさらにかなり歩くところです。まったく人手が加わっていませんが、小谷川自体が自然の創り出した露天風呂となっています。あちこちで泉温が違う自然の湯船があって深さもそこそこあり、ご機嫌な湯浴みができる名湯です。僕は二〇〇二年の秋に一度だけ訪ねました。先のふたつの野湯に比べて、入っている人もほとんどなくて最高の入浴気分を味わえました。かつて西日本の野湯の代表格だと言われていただけのことはあります」

「いまは違うんですか？」

「一〇年以上前から高濃度の硫化水素が検知されたために立入禁止になってしまいました。

鹿児島森林管理署長名、隼人保健所長名などの警告表示板もしっかりと何枚も掲示されています」

「残念ですね」

「本当に残念なのは、バカな《野湯ヲタク》ですよ」

苦々しげに村上は言った。

「どういうことですか？」

「ずっと前から立入禁止なのに、いまだに山之城温泉を訪ねる《野湯ヲタク》が跡を絶たないのです。僕には理解ができません。しかも自分だけでこっそり行けばいいのに、ブログなどで得意げに紹介している。『決死の野湯アタック！　死と隣り合わせの極楽温泉！』なんてタイトルつけてるんですよ。正直言ってただのバカです。硫化水素ガスの恐ろしさを知らないのです。『風のない日やガスの多い日は気をつけましょう』ですよ」

吐き捨てるように村上は言った。

「その注意事項はおかしいんですか？」

春菜にはピンとこなかった。

「おかしいですよ。風がいつ止まるかなんて誰にわかるんですか？　ガスの多い少ないってみんなが硫化水素測定器を持っているんですか？　事故が起きてからでは遅いんですよ」

村上は憤慨口調で言った。

「気をつけて入りに行ってもやっぱりヤバいのか？」

康長はなんの気ない調子で訊いた。

「ほら、こういう人がバカな《野湯ヲタク》のブログを見たら、どんなことになるか」

村上はあきれ声を出した。

「すみません」

康長は肩をすぼめた。

「いや、別にあなたが謝ることではありませんよ。悪いのはブログを書いている人たちです。とにかく他人を巻き込まないでほしいです」

村上はその後も、各地の野湯について興に乗って喋り続けたが、さらなる情報は得られなかった。ネット上の田丸の活動についてもやはりよく知らないようだった。

それでも、トマユという言葉の正体がわかったのは、非常に大きな収穫だった。

春菜はウキウキした気持ちでホームへと向かった。

第三章　トマユの悲劇

1

春菜は福島県警二本松警察署の地域課に電話し、安達太良山中で起きた二〇〇八年の事故について照会を掛けてみた。

「二本松署地域課の相馬と申します。お電話頂いた細川さんですね」

照会を掛けたときに出た若い男ではなく、いくぶん訛りを感ずる年輩の男性の声だった。

「はい、専門捜査支援班の細川です。お忙しいところ、お電話ありがとうございます」

春菜はつとめて明るい声で答えて手帳を開いた。

「いえ……平成二〇年一二月の管内事故の件でお尋ねだそうですが、いったいどうしていまになって神奈川県警さんが、あの事故を調べてるんですか」

不審げな声で相馬が訊いた。

相馬がどのような立場なのかはわからない。

だが、一二年も前に事故として決着がついている件をほかの警察本部から蒸し返されたとすれば、不審や不快の念を持つのはあたりまえだ。

「直接、そちらの事故の件ではありません。神奈川県内で起きた事件の被害者の関係でお伺いのお電話をしました」

春菜はやわらかい声で言った。

「神奈川県警さんの事件といいますと？」

まったく黙っているわけにはゆかないだろう。

「はい、実は二月に箱根町で起きた殺人事件がありまして、その被害者の関連で二〇〇八年の事故について詳しい情報が必要となりまして」

「殺人事件となると大ごとですね」

相馬の声がこわばった。

フィクションの世界では日常茶飯事の殺人事件だが、現実にはきわめて少ない。ここ数年、全国で殺人の認知件数が一〇〇〇件を超えたことはないのだ。

「はい捜査本部が設置されまして捜査を継続しておりますが、被害者が書き残したトマユという言葉が二本松署さん管内の薬師岳温泉を指す言葉だとわかりました」

「よくおわかりになりましたね」

相馬は驚きの声を上げた。

「苫湯なんて言葉は、すっかり忘れ去られていたと思っていました。はい、薬師岳温泉のことです」

相馬の声がちょっと親しげに変わった。

「本件の被害者が、自分のダイアリにトマユという言葉を何度も書き残しているのです」

「なるほど……この地の歴史に詳しい人かもしれませんね。苫湯というのは戦前まで使われていた言葉です。かつて薬師岳温泉は地元の人々の湯治場でした。もちろんロープウェイやリフトなどはない時代ですから、湯治客は米味噌を背負って標高一〇〇〇メートル近い山の上まで湯治に行ったのです。その頃は茅葺きの湯小屋が並んでいました。雨が激しいときなどは、湯小屋に苫を掛けていたことから苫湯という名がついたそうです」

「それで苫湯ですか」

「はい、戦後は湯治客もいなくなり、茅葺きの湯小屋も消えました。昭和三〇年代には少し立派な温泉旅館が二軒立て続けに開業しました。そのうちの一軒が薬師湯山荘です。その頃から苫湯は薬師岳温泉と名を変えました。それから時を経て苫湯の名前はすっかり忘れ去られてしまいました」

相馬は淡々と説明したが、春菜は啞然として聞き入っていた。

相手が警察官とは思えない。まるで学校の社会科の先生のようだ。

「お詳しいですね」

「はぁ……趣味で郷土史を少しだけかじっているもので……」

相馬は照れたような声を出した。

「苦湯の由来はよくわかりました。安達太良山の山中にある温泉なのですね」

春菜はPC上に開いてあったグーグルマップと国土地理院の地図を見た。

「はい、かなり不便な温泉です」

「地図を見ていますので、教えてください。JR東北本線の二本松駅からどちらですか」

「駅から北西の方角、直線距離で八キロ程度の位置に岳温泉という温泉地があります。安達太良山中腹の標高六〇〇メートル付近に旅館一六軒が軒を並べる温泉街です」

「はい、岳温泉はすぐにわかりました」

「実は安達太良山の北側の山中にある、くろがね小屋付近から八キロも引湯しています。この岳温泉から県道386号線を五・六キロほど山を登った終点が、標高九六〇メートルのあだたら高原スキー場です。安達太良山の奥岳登山口でもあります。スキー場付近には奥岳の湯という大きな日帰り温泉施設があってスキーヤーにも好評なんですよ」

　相馬の声はちょっと得意げだった。

「地図で奥岳の湯を見つけました」

「奥岳の湯から夏季登山道を一〇〇メートルほど北に歩くと沢がありますが、その手前の左側の崖上にある一軒宿が薬師岳温泉の薬師湯山荘です。部屋からも風呂からも素晴らしい見晴らしを誇る宿でした。夏場はまわりに高山植物が咲き乱れるような場所です」

　相馬が指示する付近には等高線と広葉樹林の地図記号しか見当たらない。

「登山道と沢は見つかりましたが、建物や温泉の記載などはありません」

　指示されている場所は間違いないようだが。

「八年前に廃業になっているので、すでに地図上にはなにも記載されていないのかもしれません」

　相馬は淋しそうに言った。

　地図からもかなり山奥であることがわかる。

《廃湯ヲタク》の永井直人が、喜んで訪ねそうな場所かもしれない。

「そうだったんですか。場所はわかりました」

「よかったです」

ここまで詳しい場所を知る必要はないのかもしれない。

だが、苫湯でのできごとは、今回の事件に深い関わりがあるに違いない。一二年前の事故現場をイメージするために、その位置をしっかりと把握しておきたかった。

「どんな事故だったんですか？」

春菜は質問を続けた。

「まったく気の毒な事故でした。その頃はすでに薬師岳温泉には、薬師湯山荘しか残っていなかったのですが、スキー場までは市の大型除雪車で除雪されて、スキーヤーも訪れるので冬季も営業していました。宿までの夏季登山道部分は宿の人たちが除雪していたのです」

「被害者は薬師湯山荘の宿泊客だったのですね」

「そうです。被害者は宿泊客の女子大生でした。薬師館はもちろん内湯も持っていますが、宿から少し離れた崖上に露天風呂を持っていました」

「その女子大生は一人で風呂に向かったのですね？」

「はい、被害者の氏名は森川菜津美（もりかわなつみ）さんといいます。当時、横浜市鶴見（つるみ）区にあります京浜国際大学人間科学部の二年生でした。死亡時の年齢は二〇歳です。死亡当時は鶴見駅に近いアパートに一人住まいしていました。北海道岩見沢（いわみざわ）市の出身ですので、雪道には慣れていたのでしょう」

「どうして薬師岳温泉に宿泊していたんですか……失礼ながら、わたしは今回のことで初めて名前を知りました」

若い女性がそんな山奥の温泉を、冬季に一人で訪ねるのだろうか。

「まぁ、たしかに全国区とはとても言えないマイナーな温泉には違いないですね。これにははっきりとした理由があります。彼女は京浜国際大学秘湯研究会のメンバーだったのです。それで、薬師湯山荘での三泊四日の冬季合宿に参加していました。同宿者は一五名で、皆、同じサークルの学生たちです」

「なるほど、納得いきました」

春菜の声に相馬はちょっと笑った。

「事故は合宿の二日目、一二月二五日の昼前に起きました」

「クリスマスの日ですね」

「そうです。森川さんは、ほかのメンバーに一日遅れて一二月二五日に一人で薬師湯山荘に到着しました」

「なぜ、一人だけ遅れたのですか」

「当時、彼女は横浜市内の飲食店でアルバイトをしていました。二四日はクリスマスディナーの関係でどうしても休むことができなかったのです。それで、二五日の朝、新幹線で郡山(こおりやま)

まで来て、そこからあだたら高原スキー場直行の福島交通シャトルバスで現地入りしました。このバスは一日一往復しかないのですが、スキー場の到着時刻は一〇時半です。二五日のバスは少し遅れてスキー場に着きました。雪の多い年で前夜も大量の降雪がありましたが、その日は朝から雪晴れの快晴でした。森川さんはなんの問題もなく、午前一一時少し前には薬師館に到着しました」

「予定通りなわけですね」

「はい、ここまでは順調でした。ところが、薬師湯山荘に到着したところ、ほかのメンバーはほとんどの人が寝ていたそうです。メンバーたちは前の日の晩から夜明け近くまで騒いでいたのです。二四日の晩はこのサークル以外に宿泊客はおらず、貸切状態だったんですな」

「クリスマスイブは温泉旅館はがら空きのことが多いみたいですね」

誰かに聞いたことがあった。

「そうらしいですな。正月は混むのにおもしろいですね。ま、クリスマスは温泉って雰囲気でもないでしょうか」

「そのサークルの人たちは、そんな秘湯の宿まで来てなにをやっているんでしょうね。騒ぐなら街中で騒げばいいのに」

温泉旅館の娘としては歓迎すべき客ではなかった。

「要するに若気の至りですよ。当時はまだ二〇歳前後の若者たちですからね」

相馬はちょっと笑って言葉を継いだ。

「さて、無事に到着した森川さんでしたが、友人たちが起きてくるまで部屋に入ることをためらったようです。みんなが起きてくるまでの間でお風呂に入りたい。それが無理ならロビーで休ませてほしいとフロントで言っていたそうです。そこで、宿のご主人が露天風呂を奨めたんです。ちょうど内湯が清掃に入っていたんですね」

「あ、わかります。ふつうの日本旅館は午前一〇時がチェックアウトですから、一〇時半くらいからお風呂のお掃除に入る旅館さんは多いですよね」

ごくたまにだが、春菜自身も舟戸屋の風呂掃除を手伝っていた。

「お詳しいですね」

「あ、いえ……続けてください」

「宿のご主人は午後から雲が上がってきて見晴らしが悪くなるかもしれないと言ったのです。あのあたりでは、冬場によくある現象です。ご主人はもちろん親切心で言ったのでしょうが、結果としてはこの言葉が、森川さんを死に追いやりました」

相馬の声は沈んだ。

「そうなんですか……」

「薬師湯山荘の露天風呂は宿から沢沿いにちょっと下って七〇メートルほど離れた場所にあります。途中の小道は夏ならモミジ類、ブナ、ミズナラなどの尾根筋の林間を下る道なんですが、冬は葉を落とした木々の間の雪道ですね。でも、ゆるやかだし滑落の危険があるような場所でもないので、トレッキングシューズでふつうに歩けます。最後にちょっとだけ下ると、いきなり視界が開けます。すると、崖に貼りつくようにそれぞれ一畳くらいの男女別の湯船が現れます。一〇年以上前にわたしも入ったことがありますが、目の前にひろがる眺望が素晴らしい風呂です」

「あの……脱衣場などはないのですか」

どうでもよいことを春菜は訊いてしまった。

「男性用はありませんでした。女性用だけに掘っ立て小屋がありましたね。冬場は積雪でつぶれそうなので春ごとに建て直していたのかもしれません。問題は露天風呂に向かう道の最後の部分にありました」

「どういうことですか？」

「最後にちょっと下り始める部分、つまり視界が開ける直前の林のなかに分岐点があるのです。左へ下りれば露天風呂のある谷なんですが、右へ下りると違う谷へ出てしまうのです。この谷は白い岩場に蒸気が噴き出ている、いわゆる地獄地形のごく小さいものです。せいぜい五〇メートル四方くらいの下り斜面でした。この谷を下り掛けたところで森川さんは倒れてしまいました」

相馬はちょっと言葉を切ってからゆっくりと続けた。

「そうです。火山性のガスに巻き込まれたのです。硫化水素中毒です」

「そんな……」

春菜は絶句した。

「起き出してきた仲間たちは、露天風呂に行ったはずの森川さんがいつまで経っても戻ってこないことに気づいて騒ぎ始めました。露天風呂へ見に行ったが、彼女の姿はなく荷物も見当たらなかった。それで、宿のご主人にＳＯＳを出したそうです。その後、宿の従業員とともに露天風呂の周辺を探し続け、倒れている森川さんを発見しました。が、従業員が硫化水素の危険性に気づき、仲間たちが近づくのを止めました。地元の消防団等が到着し救出するまでに五時間を要し、助け出されたのは一六時を過ぎていました……すでに彼女は亡くなっていました」

相馬はしんみりとした声で言った。

春菜はのどが詰まった。

「福島県立医科大学で遺体の行政解剖が行われた結果、硫化水素による中毒死と判明しました。おそらくガスが滞留していた地域に足を踏み入れてから数分間で、森川さんは亡くなったようです」

司法解剖が行われなかったということは、当初から事件性はないものと判断されていたのだ。

「どうして、森川さんは道を間違えてしまったんでしょう」

かすれがちの声で春菜は訊いた。

「雪のせいでした。前夜半の積雪が地形を変えて、分岐点をわかりにくくしていました。記録にはありませんが、分岐点に立っている道標を雪が埋めてしまった可能性もあります」

「でも、そんな危険な場所なら警告表示などが出ているのではないんですか」

「警告表示はありませんでした。管理者である二本松市にも、薬師湯山荘にも事故地点が危険という認識がなかったのです。この場所での事故は過去に一度も発生していなかったのです。実は安達太良山では、平成九年九月に硫化水素ガスによって、四人の登山者が生命を落とすという痛ましい事故が起きています。このときは濃霧が原因で登山者が道を間違えたのが原因でした。しかし、その事故が起きたのは、森川さんの遭難現場とはかなり離れています」

「それなのに、なぜ、そんな事故が起きてしまったのですか」

「積雪が影響したと推察されています。平成二〇年の暮れは、県内有数の豪雪地帯である日本海側気候の会津地方ではそれほどの積雪はありませんでした。ですが、ふだん雪の少ない東日本の太平洋側では多雨の傾向にありました。安達太良山は日本海側気候と太平洋側気候を分け隔てる山地ですので、この年は非常に積雪が多かったのです。雪が道標を隠し、また、雪が風の流れを変えた。結果として森川さんは犠牲となったのです。うちのほうで翌日、事故現場で計測した硫化水素の量は致死量の五分の一にあたる二〇〇ｐｐｍでした。事故当日は、その数倍の量が溜まっていたものではないかと思われます」

「致死量を超えてしまったわけですね」

「そうです。事故後、調査に入った大学の先生の報告によれば、森川さんの倒れていた場所は、本来ならば山麓から吹き上げる風の通り道になるそうです。ところが、木々の根の間に溜まった積雪のために、風はほかの方向へ流れたみたいです。そのせいで谷あいに硫化水素ガスが鬱滞（うったい）してしまったということです」

「さまざまな不幸が重なったのですね。濃度が高すぎて、あの卵の腐ったような臭いで硫化水素に気づくこともできなかったのですね」

春菜はうそ寒い声を出した。

村上から学んだ話だった。

「硫化水素がある一定の濃度以上になると、かえって人間は感知できなくなるそうですね」

「この事故で知りましたが、五〇ｐｐｍくらいから始まる嗅覚脱出というそうですね。ちなみに五〇ｐｐｍで意識喪失するそうです」

「それにしても悲しい事故ですね」

「ええ、仲間との合宿を楽しみにわざわざ横浜からお出でになったのに、その仲間とも会わないまま亡くなったのですから……」

「仲間の人たちの気持ちを考えるといたたまれない気がします。亡くなった森川さんのご家族はもっとかわいそうですね」

「北海道からすぐに駆けつけたご両親は、たいそう悲しんでいらっしゃいました。はたで見ていられないくらいでした。森川さんは一人娘でしてね。ですが、訴訟を起こすようなことはなかったです。現在はどうしていらっしゃるかわかりません」

「本事案は、事故扱いで終了したのですね」

結論はわかっているが、いちおう念を押した。

「うちの刑事課が業務上過失致死の嫌疑で薬師湯山荘の経営者を取り調べましたが、送検できる見込みがなく、沙汰止みとなりました。ですが、この事故が報道された影響で客足が衰え、東日本大震災の影響も受けて四年後の平成二四年に廃業してしまいました」

「それにしても相馬さんはこの事故について、非常にお詳しいですね。とても助かりました」

「実は事故当時、わたしが直接に担当したんですよ」

「そうだったんですか」

春菜は納得がいった。

「管内でこんな事故が二度と起きてほしくないと願っております」

相馬はあらたまった声で言った。

春菜は聞きそびれたことはないか振り返ったが、

「この事故に関する資料をお送り頂けませんでしょうか」

「承知しました」

「よろしくお願いします。いろいろとありがとうございました」

「いえ、神奈川県警さんの殺人事件が早く解決しますことをお祈りしております」

「ありがとうございます。頑張って参ります」

礼を言って、春菜は電話を切った。

直接、事故を担当していた相馬が電話をくれたおかげで、なまなましい事故のようすを聞くことができた。

自然の脅威に若くして生命を奪われた森川菜津美という女性に、春菜のこころは痛んだ。

ただ、苫湯と田丸昌志のつながりについてはいまのところ皆目わからなかった。

二本松署からの相当な量の資料は翌々日に届いた。

災害発生・措置報告書とその添付資料などに春菜は次々に目を通していった。

「え？　なにこれ……」

最後のほうに添付されていた一枚の書類に春菜の目は釘付けになった。

京浜国際大学秘湯研究会のメンバーの氏名と住所・電話番号が掲載されていたのである。

春菜が驚いたのは、まずは田丸昌志の名前だった。

これで、田丸が事故に深く関わっていたことがはっきりした。

もっともよく考えれば不思議な話ではなかった。

だからこそ田丸はダイアリにトマユと何度も書き残していたのだろう。

田丸は鶴見区生麦四丁目のアパートに住んでいたようだ。

しかし、驚きはそれだけではなかった。

資料には、もう一人思いも寄らぬ人物の名前が書き記されていたのである。

「え？　え？　え？」

稲垣昭範だった。横浜市鶴見区寺谷一丁目に住んでいたとある。

春菜は引き出しから椿家でもらった名刺を取り出してきて見比べた。同姓同名で間違いはない。

稲垣は三〇代前半だったから、二〇〇八年の事故当時は大学生くらいの年頃だ。

同一人物と考えてもよさそうだ。

資料に載っていた稲垣の携帯番号にはつながらなかった。

そのまま春菜は、康長の携帯の番号をタップした。

「どうした？　また先輩にいじめられてんのか？」

康長の眠そうな声が応答してきた。

「わたし、いじめられてなんていませんから……そんなことより大発見なんですよ」

春菜は声を弾ませた。

「なにが見つかった？」

「例の安達太良山の苦湯の事故ですけど、思いも寄らぬ人がふたりも飛び出してきました」

すでに相馬から聞いた話は伝えてあった。

「そんなに興奮して、いったい誰なんだ？」

「田丸さんです。被害者の森川さんと同じサークルで、事故のあった合宿に参加していました」

「そうか、それがトマユと書いていた理由だったのか……」

低い声で康長はうなった。

「そうとしか思えません。田丸さんは被害に遭った森川菜津美さんへの追悼の気持ちからトマユと書き残していたんだと思います」

「もうひとりは誰だ？」

「稲垣昭範さんです」

「なんだって！　あの箱根町の職員か！」

康長の叫び声が耳もとで響いた。

「同姓同名ですし、年齢的にも合います」

「しかし、妙だな、稲垣さんは俺たちが田丸さんの事故を追いかけていたことはわかっていたはずだ」

「そうなんですよ、でも、稲垣さん、ひと言もそんなこと言いませんでしたよね」

「これは、会わねばなるまい」

「アポ取りますね」

「ああ、頼んだ。ただし不意打ちだ。稲垣さんが資料に載っていたことは、本人には伝えずにアポ取ってくれ。そのほうが相手の動揺を誘える」

「刑事らしい陰険さですね」

春菜は笑いながら言った。

「バカ、それがプロのテクニックだ。じゃ、連絡待ってるぞ」

こころなしか康長の声が弾んでいた。

2

稲垣と午後五時半に待ち合わせたのは箱根湯本駅からほど近いレトロな雰囲気の喫茶店だった。

店内に足を踏み入れると、白い漆喰(しっくい)の壁と磨き込まれたチョコレート色の床が落ち着いた雰囲気を醸し出している。アールデコ調の店内の壁にはたくさんの洋画が飾られていた。

年輩の観光客を狙っているのかとも思ったが、意外と客層は若かった。四組のカップル客が静かに談笑していた。

すでに稲垣は店のいちばん奥にある四人掛けのソファで春菜たちを待っていた。

先日の制服ジャンパーではなく、ふつうのスーツ姿だった。

春菜と康長が近づいてゆくと、稲垣は腰を浮かしかけた。

康長がかるく手で制したので、稲垣はそのまま腰を落ち着けた。

春菜と康長は稲垣と対面して店の入口を背にして座った。

稲垣の背後には数枚の大型絵画が飾られていた。

「お忙しいところ、お時間を頂戴して申し訳ありません」

春菜と一緒に康長も頭を下げた。

「いえ、今日はもう仕事を終えてきましたから」

稲垣はゆったりと微笑んだ。

今日は登録捜査協力員相手ではないので、康長が質問をすることに決めていた。

康長が、自分にやらせろとつよく言ったのだった。

「椿家さんの事件で、新たに稲垣さんにお伺いしたいことが出てきました」

康長の言葉に稲垣は首を傾げた。

「お電話でもそのように伺いましたが、いったいどのようなことでしょうか」

「あの……失礼ですが、記録を取ってもよろしいでしょうか」

「ええ、もちろんかまいません。で、どのような件でしょうか。僕は椿家さんにはそれほど頻繁には伺っていないのですが……」

春菜は手帳を開き、ＩＣレコーダーのスイッチを入れた。

「直接に椿家さんのお話ではありません。被害者の田丸昌志さんについてのお話です」

康長は稲垣の目を見据えて言った。

「被害者の方のことですか」

稲垣はぼんやりと訊き返した。

「あなたは京浜国際大学のご出身ですよね」

康長は平板な調子で訊いた。

稲垣の目が大きく見開かれた。

「ええ……そうですが……」

「学生時代は秘湯研究会に所属していたのではありませんか？」

康長の声の調子は変わらなかった。

ほんの一瞬、稲垣は沈黙した。

「はい、そうです」

稲垣の声は低かった。

「いくら大きな大学でも、同じサークルだったわけです。卒業年次からすれば、今回の事件の被害者である田丸さんをご存じだったのではないですか？」

康長は畳みかけるように訊いた。

「知っています」

稲垣は即答した。

「なぜ、そのことをお話にならなかったんですか」

「でも、浅野さんたちは訊きませんでしたよね」

開き直ったように稲垣は答えた。

「たしかに伺いませんでした。ですが、わたしたちが田丸さんの事件に関係する情報を集めていることはおわかりでしたよね？」

「そりゃあもちろんですよ。でもね、僕は仕事中だったんですよ。あの後、県議と市議の湖尻視察に同行する予定で、その方たちを強羅駅までお迎えに上がる予定だったんです。強羅でお食事をご一緒して、午後からこの前お話しした『エヴァンゲリオン×箱根２０２０』のイベント関連施設をご案内する予定でした。だから、浅野さんたちに質問されて足止めを食ったら大変だと思っていたんです。議員さんたちをお待たせしたら下手すりゃクビですよ」

稲垣は目を吊り上げて息巻いた。

この事情は裏を取るまでもないだろう。県議や市議がからんでいるのだから、嘘をつける内容ではない。

これで稲垣が田丸と知り合いだったことを、春菜たちに告げなかった理由ははっきりした。

江の島署時代に春菜はたくさんの少年事件を取り扱った。

たとえば、稲垣のように被害者と知り合いであった人物が、報道で事件を知っても名乗り出てくることはほとんどない。多くの市民は警察と関わり合いになることを嫌がるのだ。春菜たちが必死で歩き回ってようやく辿り着くというのがふつうだった。

「後日でもご連絡頂ければよかったのですが」

だが、康長は追及を続けた。

「でも、僕が彼と知り合いであることが、たいして重要だとは思わなかったんですよ」

「どうしてそう思ったんですか？」

康長は稲垣の瞳を見据えた。

「だってそうでしょう？　田丸が殺されたからといって、僕にはまったく関係のないことです。調べてもらえばわかりますが、一〇年以上前から田丸とはつきあいがありません。最近の彼が何をしていたかも知らないんです。僕から田丸の話を聞いたって意味のないことですよ」

口を尖らせて稲垣は答えた。

「わかりました。でも、意味があるかどうかは、わたしらが判断することです」

突っ放したように康長は言った。

稲垣は不機嫌そうに顔をしかめたが、なにも言わなかった。

「あなたと田丸さんは同級生だったのですか？」

「いえ、学部も違うし、僕のほうが一年上でした。サークルでも僕が先輩だったわけです」

「なるほど。ところで稲垣さんは、森川菜津美さんという女性を覚えていますか？」

康長は不意打ちのように訊いた。

「忘れるはずはありません」

稲垣の声はわずかに震えた。

「どんな女性ですか？」

「僕が三年生のときの冬季合宿で事故に巻き込まれて亡くなった方です」

稲垣は康長の目を見てはっきりと答えた。

「その事故のあった合宿に、あなたは参加していたのですか？」

「刑事さんは意地悪ですね」

いたずらっぽい目で稲垣は康長を見た。

「どうしてですか」

康長は表情を変えていない。

「ひどいですよ。だって、すでに調べてきて知っていることを、そうして訊いてくるわけですから……僕があの合宿に参加していたことはわかっているわけでしょう」

半分冗談のような口調で稲垣は怨じた。

「はい、知っています。福島県警二本松署の記録で確認しています。冬季合宿は二〇〇八年一二月二四日から福島県二本松市の薬師岳温泉薬師湯山荘で行われました。稲垣さんは参加なさっていましたよね」

悪びれもせずに康長は答えた。

「だったら、いちいち訊かないでください」

稲垣は康長をかるく睨んだ。

だが、こんなことでへこむようでは、刑事はやっていられない。

ここまでの康長の問いかけに、春菜はちょっとドキドキしていた。

二本松署の記録と稲垣の答えに矛盾がないかを、康長はチェックしているのだ。

「では、その日の……二〇〇八年一二月二五日のことについてお話を伺いましょう」

康長はふたたび稲垣の瞳を見据えて言った。

「思い出したくないから、黙っていたのですが……」

稲垣は語尾を濁したが、康長はかまわずに続けた。

「あなたたちのサークルメンバー、森川さんを除く総勢一五名は前日に到着していたんですね？」

「はい、レンタカーも含めてクルマ三台で現地に行きました。あだたら高原スキー場まではクルマで入れますからね」

迷いのない調子で稲垣は答えた。

「一五名の学生さんでクルマ三台ではキツキツではなかったですか？」

「一台は七人乗りのミニバンでしたからそんなにキツくもなかったですよ。そいつは家のクルマを持ち出したんです。僕はミニバンの助手席に乗っていきました」

「一五名の学年は？」

「四年生が一人、三年生が四人、二年生が四人、一年生が六人でした」

稲垣の答えにはよどみがなかった。

「あなたはなにか係をやっていたのですか？」

「いえ、三年は井上（いのうえ）というヤツが部長で、会計とか記録とかは二年生でした。僕や四年の一人を含めて残りはとくに係はありません」

「男女比はどうだったんですか」

「男が九名で女子は六名でした」

稲垣はさして関心がなさそうに答えた。

それでも春菜は稲垣の答えをすべてきちんとメモに取り続けていた。

後々、どんな情報が役に立つかわからないのだ。

「出発地点は神奈川県内ですよね」

「そうです。大学の正門前に午前一〇時に集合しました」

「初日の行程について教えてください」

稲垣は記憶を辿るような顔つきになった。

「みんなほぼ時間通りに集まりました。それで、横羽線の汐入インターから高速に乗って福島を目指しました。東北道はスキーバスなどもいましたが、帰省ラッシュ前なのでそれほどの渋滞もなかったですね。途中の黒磯ＰＡで昼飯を食べて、あだたら高原スキー場には三時半くらいに到着しました」

「それから旅館に向かったんですね」

「ええ、薬師湯山荘に到着後、すぐに全員で露天風呂に向かいましたよ。その日は晴れていたので夕陽に真っ赤に染まる雪の森が鮮烈に記憶に残っています」

「その後は？」

「宿に戻って内湯に入りました。露天風呂には洗い場などはありませんからね。とくに女子は洗い場がないとダメなんで……これは宿選びでいつも気をつけていたことです。秘湯の宿には内湯を含めて洗い場のないところも多いですから」

よくわかる。長旅の後は、髪の毛をはじめ身体はきちんと洗いたい。宿に着いて洗い場がないことは女子にとっては非常につらいだろう。

「それから食事ですか」

「はい、当然ながら宴会です。合宿は三泊四日の予定でしたが、初日は宴会、二泊目は温泉についての宿の人への取材とそれぞれのリポート発表、最終日はふたたび宴会という計画でした。もっとも、事故が起きたんで、その後の予定はもちろんキャンセルになってしまいましたが……」

稲垣の声は沈んだ。

「では、事故当日のことについてお尋ねします」

康長は声をあらためた。

「どうぞ……」

低い声で稲垣は答えた。

「調べたところ、被害者の森川菜津美さんは一二月二五日の午前一一時頃、薬師湯山荘に到着したのですが、そのときサークルのメンバーは皆さん寝ていたそうですね」

「はい、前の晩は日暮れ過ぎから雪が降り始めて夜半頃は吹雪のような状態でした。宿はほかにお客さんがいなくて貸切状態でしたので、我々はいちばん大きな二階の一〇畳間で飲み会をしていました。サークルメンバーは到着していない森川さんを除いて全員参加していました。飲んで喋ってなんだか盛り上がって五時過ぎまで自分の部屋に戻るヤツはいませんでした。最終的には六時頃に部長の井上がお開きを宣言し、みんな自室に引き上げました。まだ夜が明けていなくて外は真っ暗でした」

「当日の二本松市の日の出は、六時五一分だそうです」

康長はいつの間に調べたのだろう。

「やっぱりそうですよね。だから、森川さんの到着時には自分の部屋でみんな眠ってたんです」

「なるほど……就寝が六時半として一一時というと四時間半しか経っていないから、寝ているのは当然ですね。一一時にはあなたも寝ていましたか？」

「はい、寝ていました」

稲垣は迷いなく答えた。

「田丸さんのことはわかりますか？」

「寝ていました。同じ部屋だったので覚えています。何部屋も取れていたのでみんなゆったり使っていました。僕と井上と田丸の三人が同室でした。六畳間くらいだったかな」

「で、森川さんの到着には気づかなかったんですね？」

「はい、まったく気づきませんでした。昼飯はスキー場のレストランで食べようという話になっていたので、宿の人も起こしに来ませんでした」

「異変に気づいたのはどんなきっかけでしたか？」

「一二時過ぎだと思いますが、女子の誰かが宿の人から森川さんが到着して露天風呂に向かったことを聞いたんですね。ところが、一時間以上も帰ってこない。心配になって僕らの部屋に寝ていた井上を起こしに来たわけです。それで、男女五人くらいで露天風呂に行ってみたけど、森川さんの姿も彼女の荷物も見当たりません。心配になって宿のご主人に話しました。そしたら六〇歳くらいの番頭さんが一緒に彼女を探しに出てくれました。ですが……」

　ちょっと言葉を切ると、稲垣は静かに言葉を継いだ。

「雪が積もっているあの白い岩場の地獄で彼女は倒れていたのです」

　稲垣の瞳が潤んでいる。

「本当にお気の毒でした」

　康長は気の毒そうに言葉を濁した。

　春菜も追悼の気持ちを込めてかるく瞑目した。

「僕たちはすぐに彼女を助け出そうとしましたが、森川さんが倒れていた場所の異変に番頭さんが気づいたんです」

「番頭さんはなんて言ったんですか」

「こりゃ沼ノ平と一緒だ。硫化水素ガスだ。近づくとみんなやられるって……」

「沼ノ平というのは、一九九七年の安達太良山火山ガス遭難事故が発生した場所ですね」

「そうです。あの事故では四人の登山者が、沼ノ平の南東斜面で硫化水素ガスに巻き込まれて亡くなったのです」

「それからどうしました」

「いまは知りませんけど、当時はその場所では携帯が通じなかったんです。それで、番頭さんと井上が宿に戻って一一九番通報をしました。一時間半ほども待ちました。僕がどれほどジリジリしたかわかりますか」

「お気持ちお察しします」

「一〇メートルくらい……すぐに駆け寄れるところに彼女が倒れているのに近づくこともできない。まるで熱いフライパンの上で足の裏が焼かれているような気分でした」

稲垣は眉根を大きく寄せた。

「田丸さんもその場にいたのですね？」

「はい、番頭さんと一緒に戻ってきた井上も含めてサークルの全員がその場にいました」

「田丸さんはどんなようすでしたか？」

「どんなって……みんな同じ気持ちでしたよ。ジリジリしてるっていうか……」

おぼつかない調子で稲垣は答えた。

森川菜津美に意識が集中していただろうから、田丸のようすなどよく覚えていなくてあたりまえだ。

「それから救助隊が駆けつけたんですね？」

「ガスマスクをつけて酸素ボンベを背負った人が四人と、救急隊員とおまわりさんと、ほかにもいろいろな人が来て……よくは覚えていませんが、サークルメンバーと同じくらいの人数が救助に来てくれました。警察の人の指示で僕たちは後ろに下がらされました。彼女の姿が見えないところまで……つらかったです」

稲垣は目を伏せた。

「救助隊の懸命の努力によって、森川さんは安全地帯まで救い出されたのですよね」

「でも、もう彼女は亡くなっていました。ストレッチャーに乗せられた白い顔ですぐにわかりました……」

「行政解剖の結果によれば、森川さんは即死に近かったようです」

「後日、伺いました。僕たちが駆けつけたときにはすでにダメだったんですね。それがひとつの救いと言えば救いですが」

苦しげに稲垣は答えた。

「遺体はそのまま二本松警察署へ運ばれたのですね」

「はい、サークルのメンバーは遺体に従いてゆくことはできませんでした。ひと晩、お通夜のような感じで宿にいて、翌朝、早々に横浜へ帰りました。翌日の夕方には、森川さんのご両親が北海道から駆けつけたそうです」

「経緯はよくわかりました。その後、サークルはどうなったのですか？」

「細々と続いていましたが、その年度のうちに自然消滅してしまいました。僕もそれからはほかのメンバーとはほとんど会わなくなってしまいました。あれは……誰にとっても重すぎる事故でした」

稲垣は締めくくるように言ってほっと息をついた。

話すべきことは話したというような表情だった。

「一二年前の事故と今回の事件に関わりがあると思いますか？」

康長は稲垣の目をじっと見つめて尋ねた。

「あり得ないでしょう。あれは自然の力による硫化水素ガスの流出事故ですよ。どう考えても、田丸が殺されたこととは関係ないと思います」

言葉に力を込めて稲垣は言い放った。

「実は、我々が一二年前の事故に辿り着いたのは、田丸さんが自分のダイアリに何度もトマユの名を書き残していたからなのです」

「そうなんですか……」

稲垣は目を見開いた。

「あなたも、薬師岳温泉の別称が苫湯だということは知っていましたか？」

「はい、合宿のときに田丸と一緒に薬師湯山荘のご主人から伺いました。秘湯の宿のご主人や従業員の方などから、宿や周辺地域のことを伺うのが我々のサークル活動の中心でしたから」

「田丸さんがなぜ、苫湯の名を最近まで書き残していたのでしょう」

「さぁ……でも、僕だって毎年、一二月二五日にはいまでも彼女の冥福を祈ってますよ。田丸も同じような気持ちだったのではないでしょうか」

稲垣は首をひねった。

「ところで、サークル部長だった井上さんの現在の連絡先はわかりますか」

「いまここにはありません。ですが、井上は長津田で、父親の仕事を継いでいるはずです」

「どんなお仕事ですか？」

「司法書士です。卒業から数年後のことですが、一回、あいさつ状というか宣伝のハガキみたいのが僕の実家から転送されてきました。司法書士さんに頼む用事もないので、無視していましたが」

「助かります。司法書士の先生なら、お名前だけで探せます」

康長は春菜のほうを向いて目顔で追加の質問があるかを尋ねた。

春菜は小さく首を横に振った。

康長が立ち上がったので、春菜もこれに倣った。

「今日はどうもありがとうございました。お時間を頂戴して恐縮でした」

康長は丁重に礼を述べ、春菜も深く身体を折った。

春菜たちは箱根湯本の駅に向かった。

「今日の仕事は終わりだな。どっかで飯食ってくか」

途中の道すがら、康長は明るい声で言った。

「いいですね、浅野さん、どちらまで帰るんですか」

そう言えば、康長の家は知らない。

「俺は京急の上大岡だよ。小田原と横浜経由だ」

「小田原までは一緒ですね。わたし海老名経由なんで」

「そうか、ロマンスカーなら直行だな」

「だけど、ここでご飯食べていくのはちょっと……」

事情聴取をした箱根湯本駅近くで食事はしたくない。

誰かに話を聞かれる怖れもあるが、それ以前に仕事から解放された気にならない。

「だな……ホームの駅そばで済ませるか」

康長は淋しそうな顔をした。

大友なら黒毛和牛とか言い出すところだろう。

「わたし、いったん小田原で降りますよ。藤沢経由でも帰れますから」

「そうか……じゃ、決まりだ。小田原で飯食ってこう」

結局、箱根登山鉄道で小田原へ出ることになった。

小田原と箱根湯本の間は小田急線ではなく、強羅が終点の箱根登山鉄道なのだ。ロマンスカーは乗り入れているわけだ。もっとも登山鉄道は小田急グループだ。

登山電車のなかで康長はスマホを取り出して井上のことを調べた。

「やっぱり簡単に見つかった。井上総合司法書士事務所。長津田の駅前だ」

康長はスマホの画面を見せた。

横わけショートにした若い男性がスーツ姿で微笑んでいる。

明るく快活な雰囲気を持ったプロフィール写真だった。

「明日、会えるといいですね」

「小田原に着いたら電話してみるよ。営業時間が七時までなんでギリギリだが間に合いそうだ」

スマホをしまった康長は唇の端を持ち上げて笑った。

小田原駅に着いた康長は東口を出ると駅前の交番を横目で見てエスカレーターの陰に立って電話を掛け始めた。

すぐに電話はつながり、三分間ほどで通話は終わった。

「ラッキーだ。明日の朝、八時半から事務所で会ってくれるそうだ。一時間と時間は切られたが、じゅうぶんだろう。さ、飲みに行くぞ」

康長は上機嫌に笑った。

春菜たちは駅からほど近い海鮮料理屋の暖簾をくぐった。

会社帰りの勤め人たちでそこそこ混んでいたが、春菜たちは奥のテーブル席に座れた。

マアジ、ブリ、アオリイカなど、近海ものの刺身盛りをつまみながら、二人は中ジョッキで乾杯した。

のどが渇いていたし、春菜は三分の一くらいを一気に飲み干した。

すでに康長は二杯目を頼んでいた。

「どう思いますか？　さっきの稲垣さんの話……」

ひと息ついたところで春菜は切り出した。

「そうだな、ほとんどは真実を語っていたな」

二杯目に口をつけて、康長はぼそっと言った。

「浅野さんは、話のなかに真実でないところもあると考えているんですか」

「わからん」

康長は春菜がびっくりするほど大きな声で答えた。

「稲垣さんが事件に関係していると思ってますか」

春菜は声をひそめて訊いた。

「わからん」

今度も康長は声を高めて答えた。

春菜には判断しかねていたが、康長もいらだっているようだ。

「わからんの繰り返しですね」

ちょっとあきれて春菜は言った。

「今回の事件の犯人の動機がわからないからな」

康長は苦笑を浮かべた。

「大友さんも言っていたように、今回の犯人には暗い情念のようなものを感じているんです」

「俺もそう思っている。深い怨恨が横たわっている」

「でも、稲垣さんからはそんなものは感じなかったですね」

「そうだな、今日の時点では感じ取れなかった。少なくとも稲垣さんが理知的で冷静な人物であることはわかった」

この意見には春菜も賛成だった。

「ただ、森川さんの死にはいまだに深い悲しみを抱いていると感じました」

「うん、一二年が経過したわけだが、ショッキングな体験であることには変わりないだろう」

「わたしがもし、その場にいたらトラウマになってしまいそうです。二度と温泉には近づきたくないと思うでしょう」

「だが、田丸さんは温泉インフルエンサーになったわけだな。また、稲垣さんも温泉の町、箱根の職員になった」

「二人とも根っからの温泉好きだったんでしょうかね」

「そうかもしれんな」

「これからどう進めていきます？」

「とにかく、井上司法書士に会って話を聞いてみてから考えよう」

「了解です。明日は長津田駅前で待ち合わせですね」

「赤松にメール入れとくよ。細川は直行だって」

「ありがとうございます。わたしもメールしときます」

「まぁ、飲もう」

康長は二杯目を一気に飲み干した。

続けて頼んだアジのなめろうは絶品だった。

イイダコの煮付けも、ミディアムレアで出てきたカツオのフライも大満足だった。

ついつい酒が進み、八時半頃に東海道線に乗った頃にはけっこう酔っ払っていた。

瀬谷駅から自宅へ向かう道のりで、春菜は鼻歌を歌っていた。

3

翌日の八時半過ぎ、春菜と康長は司法書士の井上正行(まさゆき)と向かい合って座っていた。

事務所のミーティングルームは、一四畳くらいの明るくて機能的な感じの部屋だった。

ソファはなく、司法書士とクライアントは白い天板の楕円テーブル越しに座るのである。いかにもいまどきの法律家の事務所らしいセッティングだった。

井上は丸っこい輪郭にくりっとした目が特徴的な顔立ちだった。

黒いスーツの襟には金色の五三桐が浮かび上がる司法書士徽章が光っている。

名刺交換を済ませてから康長はゆっくりと口火を切った。

「お忙しいところすみません」

「いいえ、クライアントとの約束は九時半です。それまでは事務仕事なんで大丈夫ですよ」

サイトの写真の印象通り快活な声で井上は言った。

「きれいな事務所ですねぇ」

康長の言葉はまんざらお世辞ではない。

この事務所はデザイナーズハウスのように洒落た内装だった。

「改築して二年ですので」

「たくさんのお客さまがいるんですね」

「うちは商業登記より不動産登記が中心なんですけど、ぼちぼちやっています。親父は最近は半分引退しちゃったんで、僕の仕事量は増えてますがね。この町はまだまだ畑が残っていて住宅開発も進んでますので、新築住宅に関する仕事は少なくないです」

井上はやわらかい笑顔を浮かべた。

「地元密着型の事務所さんなんですね」

「ええ、親父がここで四〇年も開業していますので……それにしても刑事さんがお二人も見えるとはびっくりですよ」

「電話でお話ししましたとおり、この二月に箱根町の仙石原温泉で発生した殺人事件のことでお伺いしました」

康長は丁重な口調で答えた。

「報道で見て気になってはいました。田丸がまさか殺されるなんて……」

井上は言葉を呑み込んだ。

「いらっしゃいませ」

白いセーターを着ているストレートヘアの美形の女性がお茶を持って来てくれた。三〇を少し過ぎたくらいだろうか。

女性は一礼して去った。

「しかし、僕が田丸と知り合いだとよくわかりましたね。彼は一学年下ですし、卒業以来一度も会っていないんですよ」

「箱根町役場の稲垣主任に、井上先生が長津田で司法書士をなさっていると伺いまして」

「あ、稲垣のヤツ、箱根町の職員になったんですか」

井上は意外そうな口ぶりで言った。

「ご存じありませんでしたか」

「あいつは会津若松市の出身なんですよ。ま、ヤツはお母さんがもともと箱根の人ですから、不思議はないですけど。卒業したときには、たしか神奈川県に勤めていたはずです」

「県職員ですか？」

「企業庁に配属されて丹沢の山奥に勤めたような気がします」

「稲垣さんは理科系の学部出身ですか？」

「僕と田丸は法学部でしたが、あいつは人間科学部です。だから、技術職じゃないです。事務方ですよ。もっとも、田丸と同じで稲垣とも卒業してからはすっかりつきあいがなくなってしまいましたが」

「サークルの人たちは皆さん、卒業してからはおつきあいがないんですか」

「やはり森川さんの事故のせいでしょう。半年くらいで元気になったと思いますが、あの事故がショックで一時的に心療内科に通ってた女子もいるくらいですから。八年くらい続いていたサークル自体も自然消滅してしまいました」

似たようなことは稲垣も言っていた。

「サークルの皆さんは、いまでもつきあいがないんですかね」

「僕は親父の厳命でどうしても司法書士試験に受からなきゃいけないんで五年くらい引きこもりに近かったんです。でも、試験に受かって親父のところで修業を始めたときに、案内ハガキをサークルメンバー全員に送りました。ところが、誰ひとり連絡を取ってきませんでしたね。僕はサークル内では人気があったんですが」

「部長をおつとめだったと伺っています」

「ええ、なんだか僕がやらなきゃならないような雰囲気になりましてね」

「さて、嫌なことを思いだして頂くんで恐縮なんですが、森川さんの事故前日のお話から伺いたいんですが……」

「捜査には協力しますよ。それが市民としての当然の義務ですから」

井上は背を反らして胸を張った。

「お話を記録させて頂いてよろしいでしょうか」

春菜が訊くと、井上はかるくうなずいた。

「もちろんですよ。記録も録音もお気になさらずにどうぞ」

春菜は手帳を開き、ＩＣレコーダーのスイッチを入れた。

「ではまず、先生が薬師岳温泉の薬師湯山荘に到着したところから聞かせてください」

「一五人のメンバーが三台のクルマに分乗してあだたら高原スキー場に着いたのは三時半頃でした。雪晴れの午後で素晴らしい青空がひろがっていました。荷物をほどくと僕たちは露天風呂に向かいました」

「皆さん、露天風呂がお目あてだったんですね……」

「ええ、眺めがいいですから」

それから康長は稲垣に訊いた内容をひとつひとつ確認していった。

食い違いはひとつもなかった。

稲垣と井上のふたりがともに信用できる発言をしているわけである。

「その晩は大部屋にみんな集まって飲んでいて、翌朝の六時くらいまで喋っていました」

「六時頃にあなたがお開きを宣言して、メンバー全員が部屋に引き上げたのですよね」

「その通りです。まだ、外は真っ暗でした」

「その後は皆さん一一時まで寝ていたんですよね？」

康長の質問に、井上は首を横に振った。

「いえ、同じ部屋だった僕と稲垣と田丸はその後で風呂に入りました」

さらっと井上は答えた。

春菜と康長は顔を見合わせた。

「内湯ですか？」

「露天風呂です。外の風が静まっていたので窓を開けてみると、雪はすっかり止んでいたんです。まだ暗いけどヘッドランプ点けてりゃ大丈夫だっていって三人で出かけました。雪はかなり積もっていたけど、かんじきやスノーシューを使うほどじゃなかったです。僕たちも若かったですから、かえってはしゃいで雪だらけになって露天風呂まで下りていきました」

井上はなつかしそうに語った。

「どのくらい入っていたんですか？」

「そうですね、二〇分くらいでしょうか、暗いうちに戻ってきましたよ」

よどみなく井上は答えた。

「そのときになにか変わったことはありませんでしたか？」

畳み掛けるように康長は訊いた。

「変わったことなど別にありませんでした。真っ暗だったし、寒かったですけどね」

井上は不思議そうに答えた。

「三人で部屋に戻ってからは一二過ぎまで起きなかったんですね？」

「はい、寝ていました。女子たちが起こしに来たんです。森川さんが到着して露天風呂に行ったのに戻ってこないって」

そのときのことを思い出したのか、井上の顔がこわばった。

「なるほど……それから、あなたたちは森川さんを探しに出たんですね？」

「はい、僕と起こしに来た女子二人と稲垣と田丸の五人だったかな。露天風呂に探しに行きました。ところが森川さんの姿がどこにも見えない。こりゃ大変だと騒ぎになって宿の人にも手伝ってもらって……」

続けて井上が話した内容は、稲垣の話と食い違いはなかった。

食い違ったのは、六時過ぎに同室の三人で露天風呂に行ったという点だけだった。

なぜ、朝、露天風呂に行った話に稲垣は触れなかったのだろう。

もっともたいした事実ではないから、話さなかったと言われてしまいそうだが……。

「事故の経緯はよくわかりました。別の話を伺いたいのですが、サークル内で森川さんはどんな風に評価されていましたか？」

康長は稲垣には訊かなかった問いを発した。

「明るくやさしい女性なので男女のどちらからも好かれていました。彼女を悪く言うメンバーはいませんでしたね」

「では、稲垣さんはどうでしょうか」

「人気者でした。さわやかな男っていうのかな。人に、誰に対してもやさしかったですね」

「田丸さんはどうでしたか」

「いちばん明るく、冗談ばっかり言っているヤツでした。漫才師になれってよく言われていましたね。この合宿のときにも事故が起きるまでは大はしゃぎでしたよ」

そのひょうきんな性格が、温泉インフルエンサーとしての現在につながったのだろう。

「語弊があるかもしれませんが、問題人物はいなかったわけですね」

「はい、そんなヤツがいたら、僕が追い出しましたよ」

井上は冗談めかしてコワモテを作った。

「次に伺いたいのですが、秘湯研究会のなかで交際している男女はいませんでしたか？」

「ギクッ」

井上は大仰に仰け反った。

「どうしたんですか？」

康長は首をひねった。

「警察はどこからそんな情報を得るんですか？」

井上は眉をひそめた。

「はぁ？　どういうお話ですか？」

康長と同じように、春菜にもなんのことだかわからなかった。

「僕の妻も、あの合宿に参加していたんです」

どこか嬉しそうに井上は言った。

「そうなんですか！」

今度は康長が仰け反る番だった。

「当時からつきあっていました。稲垣は知らなかったと思うんだけど、誰に聞いたんですか？」

「いいえ、そんな情報は持っていませんでした。いま、先生に聞いたのが初めてです」

康長はニヤニヤしながら答えた。

「なんだぁ……秘密の暴露をしてしまった。語るに落ちるってヤツですね」

井上はわざとらしく頭を掻いた。

「秘密交際だったのですね」

「ええ、僕は部長だったし、みんなにバレないようにひそかにつきあっていました。いまは小一の娘と幼稚園の息子の母親です。さっきお茶を持って来たのがそうです」

井上は口もとをゆるめた。

そうだったのか。美人だし、自慢の妻らしい。

「それはそれは……」

「最近はどこの大学でもサークル文化が衰退しているそうですね。ＳＮＳの発達で同じ世代とのコミュニケーションが取りやすくなったからだとも聞いています。やがて大学からサークルが消滅する日が来るのかもしれません。僕と妻はそんな時代に学生でなくてよかったねと話し合っています」

嬉しそうに井上は続けた。

「はぁ……なるほど……」

康長は返事に困っているようで、すぐに次の質問に移った。

「ほかにサークル内でつきあっていたカップルはいませんでしたか？」

「これは不確かな話だから……」

井上は言いよどんだ。

「決してあなたに迷惑が掛かるようなことにはなりません」

康長は力強く請け合った。

「そうですよね、田丸と森川さんがつきあっていたらしいんです」

春菜は小さな衝撃を受けた。

そうだとすると、菜津美の死でもっとも苦しんだのは田丸だったはずだ。

「亡くなったふたりは恋人同士だったのですね」

康長も驚いているようだ。

「横浜の街中でふたりが手をつないで歩いているのを、買い物に出かけた妻がたまたま見かけたんです。あの合宿よりも一年も前のクリスマス頃のことです。まぁ、それだけで恋人同士とまでは言えないですね」

言葉とは裏腹に、井上は田丸と菜津美が交際していたと信じていたようだ。

ふたりとも死んでしまったいまとなっては、事実を確かめることもできないだろう。

「逆にサークル内でいがみ合っている人たちなどはいませんでしたか」

康長は次の質問に移った。

「いや、聞いていませんね。みんな仲よしでしたよ。そもそも、ただ秘湯に入りに行こうというだけのゆるいサークルでしたから。先輩後輩関係もゆるゆるでした」

ふわっとした笑いを井上は浮かべた。

「それではあの事故の日は皆さんつらかったでしょうね」

「はい、みんな号泣していました。髪をかきむしったり、雪面に顔をうずめたり、叫び声を上げたり、残されたメンバーたちも、誰もがまともな状態ではありませんでした」

「態度が違う人、いやに冷静だった人などはいませんでしたか」

「もちろんです。僕も含めて一五人全員が激しく苦しみました」

さも心外だという風に井上はきつい目で康長を見た。

「ところで、最後にお伺いしたいのですが」

あらたまった声で、康長は訊いた。

「なんでしょうか」

井上はちょっと身を引いた。

「一二年前の事故と今回の事件に関わりがあると思いますか？」

康長は井上の目を覗き込むようにして、稲垣に対して発したのと同じ問いを投げかけた。

「ないでしょう。いまも言いましたけど、秘湯研究会は仲よしサークルでとくに揉めごとはなかったし、あの事故は自然災害でした。森川さんの死でみんなが悲しみましたが、誰かを恨んだ人なんているはずありません」

井上は力づよく言い切った。

康長は春菜に追加質問の有無を確認してから頭を下げた。

「なにか思い出しましたらご連絡ください」

「わかりました。必ず浅野さんまで電話します」

春菜が手帳とＩＣレコーダーをしまうと、康長は立ち上がった。

ふたりは丁重に礼を言って事務所を出た。

長津田駅はJR横浜線と東急田園都市線・こどもの国線の二社三路線が乗り入れている。駅近くまで住宅が迫っているが、駅前は商業施設が少なく比較的閑散としている。

春菜たちは駅のなかに入っているチェーン系のカフェでコーヒーを飲んで作戦会議をすることにした。

ブレンドコーヒーを一口するとなぜだか元気が出てきた。

「不思議ですね。なぜ稲垣さんは、井上さんや田丸さんと、朝も露天風呂に行ったことを話さなかったのでしょうか」

「わからん」

康長は昨日と同じ言葉を繰り返した。

「また、それですか？」

春菜はあきれた。

「だが、あえて隠したんだと俺は思っている」

「つまり、その朝の入浴の際に、我々に知られたくないできごとがあったということですか」

「そうかもしれん。しかし、井上さんはなにも変わったことはなかったと言っている」

「その言葉、信じていいんですよね」

「俺の感覚だが、井上司法書士は嘘はひとつも言っていない」

「わたしもそう感じました」

「俺たちに隠していることもなかった」

「ええ、そう思います」

「ただし、それはあくまで本人の認識上の話だ」

康長は春菜の目をじっと見た。

「どういうことですか？」

「つまり朝の入浴時に、井上さんが認識できなかった何かがあったのかもしれん」

康長の考えは、春菜にも腑に落ちた。

「本当に何もなかったのなら、隠す必要はないですもんね」

「ああ、そういうことだよ」

「いったいなんでしょうか」

「もう一度、稲垣さんに会って尋ねるしかないだろう」

「いつ行きますか」

「今日行くしかないだろう。アポ取ってみる」

康長はスマホをつかんで店外に出て行った。

五分ほどして、康長はにこやかな顔で戻ってきた。

「今日も町役場にいた。昨日と同じ時間にあの店で会ってくれるそうだ」

「残念、いったんは戻らないとならないですね」

「そうだな、まだ、九時半にもならんからな」

「あきらめてますけど、こうした無駄な動き、なんとかならないですかね」

春菜はゆるゆると息を吐いた。

「結局、残業になるのにな……夕方までふたりでバックレるか？　大友みたいに箱根の温泉に入るとかさ」

陽気な調子で康長は眉をひょいと上げた。

「む、無理ですよぉ」

春菜は顔の前で手を振った。

「冗談だ。とりあえず戻ろう。細川だって書類溜まってんじゃないのか」

「はい、かなり……」

専門捜査支援班の自分の机を思い出したら気分が沈んだ。

それでもコーヒーを飲み終えた春菜たちはおとなしく横浜線に乗り込んで、横浜を目指した。

第四章　箱根カルデラ劇場

1

まわりの席には誰も座っておらず、通常レベルの会話が他人に聞かれる怖れはなかった。

目の前に座る稲垣は、昨日より明らかに機嫌が悪かった。

表情がずっと険しくなっている。

春菜は断って手帳を開き、ＩＣレコーダーをスタートさせた。

「お話しすべきことは昨日、すべてお話ししたと思いますが」

いらだちを抑えているような稲垣の声音だった。

「すみませんね、今朝、我々は長津田の井上先生をお訪ねしたんですよ」

康長はやわらかい声で答えた。

「井上は元気でしたか」

稲垣の顔つきが少しやわらかくなった。

「ええ、お元気でした。司法書士事務所も流行(はや)っているようでしたし、ご家族にも恵まれているようでした」

「あいつ結婚したんですか？」

身を乗り出して稲垣は訊いた。

「はい、素敵な奥さまでした。秘湯研究会の後輩だそうです」

「本当ですか！　いったい誰だろう」

稲垣は嬉しそうに叫んだ。

「奥さまのお名前は伺いませんでした。お子さんもふたりいらっしゃるとか」

「そうかぁ、あいつも親父になったのかぁ」

感慨深げに稲垣は言った。

「今度、連絡をとってみてはいかがですか」

「そうしてみましょう、いや一〇年以上も会っていないからな」

「立ち入ったことですが、ご結婚は？」

「いいえ、ずっと一人です」

稲垣は淋しそうに答えた。

「それでね、井上さんから伺ったお話で、ひとつだけ確認したいことが出てきましてね」

「いったいなんですか」

稲垣は不機嫌そうな声音に戻った。

「事故があった日の朝ですが、あなたは井上さんや田丸さんと一緒に露天風呂に行ったそうではありませんか」

ほんの一瞬、稲垣は頰を引きつらせて黙った。

「ええ、真っ暗ななか、三人で行きました」

あきらめたように稲垣は言った。

「昨日はなんでその話を黙っていたんですか」

厳しい声音で康長は問い詰めた。

「お話しするほどのことと思わなかったからです」

開き直ったような稲垣の顔つきだった。

「また、それですか……我々に知られたくないなにかがあったんですか」

「まさか……そんなはずないでしょう」

「本当に？」

「井上はなにか言ってましたか」

「質問しているのはわたしですよ」

康長は冷たく突っ放した。

「なにもありませんでしたよ。真っ暗で寒かっただけです」

「では、なぜ教えてくれなかったんです」

「何度も言わせないでください。話すほどのことだと思わなかったんです。井上だってなにもなかったと言っていたはずです」

「最初にお目に掛かったときにも、田丸さんと知り合いだったことを隠していましたね。今度も朝、井上さんや田丸さんと露天風呂に入りに行ったことを黙っていた」

「それがなんだって言うんですか」

稲垣は声を尖らせた。

「わたしが知りたいのはそこです。なぜ、隠していたのかが知りたいのです」

康長は稲垣の目を見据えて言った。

「やめてください。堂々巡りじゃないですか」

稲垣は顔をしかめて抗議した。

「警察にはね、隠しごとはしないほうがいいですよ」

皮肉っぽい調子で康長は言った。

「隠しごとなんてしているつもりはありません……なぜだかわからないけど、浅野さんは僕のことを疑っているようですね」

稲垣の声には怒りが籠もっていた。

「隠しごとをされると、疑いたくもなります」

鼻の先にしわを寄せて康長は笑った。

手を替え品を替え、康長は稲垣のこころをゆさぶり続けている。

春菜にはなかなかここまでの尋問はできない。

康長が稲垣に大きな疑惑を抱いていることがはっきりしてきた。

「まさかと思うけど、僕が田丸を殺したとでも思っているんではないでしょうね」

あごを突き出して稲垣は不快感いっぱいに訊いた。

康長はなにも言わなかった。

刑事は質問する側であるという原則を守っているのだ。

しばらく稲垣は康長の答えを待っていた。

だが、たいていの人間はこの刑事の沈黙に堪えられない。

「田丸が殺されたのは、いったい、いつのことなんですか」

ちょっと大きな声で稲垣は尋ねた。

「死亡したのは、今年の二月三日の未明ですが、犯人は二日の午後七時から八時の間に椿家さんの露天風呂に現れているはずです」

康長は平板な調子で答えた。

「あははははは」

稲垣はけたたましく笑った。

「なぜ笑うんですか？」

「ばかばかしい。僕が田丸を殺せるはずがないんです」

吐き捨てるように稲垣は言った。

「どうしてそう言い切れるんですか」

「事件の当日、二月二日っていうと冬花火の日ですよね」

どこか得意げに稲垣は訊いた。

「ええ、仙石原方面で花火のあった日曜日です」

「じゃあ間違いがない。その日の午後四時半から八時まで、僕は箱根関所横の《箱根の森ホテル》にカンヅメだったんですよ」

「本当ですか？」

康長は険しい声で念を押した。

「ええ、箱根の森ホテルの芦ノ湖ホールで開かれていた『箱根温泉シンポジウム』の受付や会場係を仰せつかっていたんです。出席者はおよそ一〇〇名で、高名な学者先生方やジャーナリストの方たちをお招きして『日本の温泉のこれからを考える』というテーマで開催されたイベントです」

「午後四時半から八時までですか……」

康長はじっと稲垣を見つめた。

「そうです。だから、僕は七時から八時の間に椿家さんなどに行けるはずはありません」

稲垣は誇らしげに言い放った。

康長は微妙な顔つきに変わった。

黙ってスマホを操作した康長は芦ノ湖周辺のマップの一点を指さして春菜に見せた。

箱根関所の西隣に箱根の森ホテルの文字が見える。箱根町と俗称されるエリアだ。芦ノ湖の南端で、北端の東側の山の上にある犯行現場の椿家とは遠く離れている。

しばし沈黙していた康長はすぐに立ち直って質問を再開した。

「そのシンポジウムは、箱根町が主催者だったのですか」

「あ、いえ、主催者は町役場ではなく、丸の内に本部のある日本温泉学会です。僕はあくまでお手伝いでした」

さらっとした調子で稲垣は答えた。

「当日の日程を教えてもらえますか」

「午後四時半に開場して一般の方を会場内に入れました。五時から六時まで兵庫科学大学理学部教授の遠山友三(とおやまゆうぞう)先生の基調講演が行われました。その後、公開討論会が七時まででした。討論会の後は七時から八時まで軽食付きの懇親会でした。当日は『仙石原冬景色花火大会』が開催されましたので、七時一〇分くらいから二〇分くらいは皆さま花火に興じていらっしゃいました。箱根の森ホテルは仙石原の花火がとてもよく見えるんですよ。だから、僕は二月二日という日をはっきりと覚えていたんです」

「なるほど……八時でお開きだったのですね」

「ええ、参加者の皆さまには、もっとゆっくりお食事して頂きたいところなのですが、箱根登山バスの小田原駅行き終バスが八時二〇分発ですので、それに間に合うような閉会時刻となっておりました。このスケジュールは主催者側が決めたものです」

「学者先生やジャーナリスト以外の参加者はどんな人たちなんですか」

「一般の温泉愛好家の方です。軽食付きで五〇〇〇円の参加費ですから安くはないのですが、定員を三〇名ほど超えた応募があったそうです」

「閉会後、稲垣さんはどうなさったのですか？」

「僕は懇親会終了後、学者先生やジャーナリストのご招待客のなかでお帰りになる方々を箱根湯本駅までマイクロバスでお送りしました。このとき遠山先生もお送りしました。僕は湯本に住んでいるのでそのまま帰宅しました。九時すぎには自宅に着いたと思います」

勝ち誇ったような稲垣の顔つきだった。

「あなたのことを疑っているわけではありませんが、証人は複数いるわけですよね」

康長はしつこい調子で念を押した。

「もちろんです。温泉学会のスタッフの皆さんをはじめ、たくさんの人と一緒に仕事をしていましたから」

「シンポジウムの間、あなたは会場にいたんですよね」

「はい、トイレに行くくらいでずっと会場におりましたからね……まさか、僕が途中で抜け出したなんて考えてないでしょうね？」

稲垣はおもしろそうに笑った。

「いや、別にそんなことは……」

康長の言葉をさえぎって、稲垣は言葉を続けた。

「それも不可能ですよ。五時からの基調講演会では僕はプロジェクターの操作をしていました。六時からの討論会でも会場内で発言者の方にワイヤレスマイクを運ぶ係でした。七時からの懇親会の間はとくに係というのは割り当てられていませんでしたが、この一時間にどうやって椿家さんへ往復したというのですか」

　意地の悪い目つきで稲垣は訊いた。

「クルマなら可能ではないですか？」

　それでも康長は食い下がった。

「僕は当日は会場へはクルマで来ていません。往路も復路と同じようにご招待客さまをお迎えしたのです。箱根湯本駅からマイクロバスで来ています。それだけじゃないですよ、その日は僕はクルマを友人に貸していました」

「貸していた……」

「ええ、僕のクルマは汚い箱バンなんですけど、あの日曜に荷物を運ぶために使いたいって友人がいましてね。役場の後輩の大村（おおむら）っていう男ですが、こいつは風景写真家なんですよ。もちろん素人（しろうと）なんですけど、横浜市内の小さなギャラリーを借りて展覧会を開きましてね。翌日の月曜日から一週間の日程でした。僕は行かなかったけど、なんでも『風の通る道』とかいう展覧会だったそうです。そのために、あの日はギャラリーに大きなパネルを何枚も搬入しなきゃならなかったんですね。それで、朝から一日貸してました。返してもらったのは、僕が仕事を終えて帰宅してからです。クルマが戻ったのは九時半頃でしょうか。そいつも僕と一緒で箱根湯本に住んでいますんで、歩いて帰りましたよ」

「クルマはなかったわけですね」

康長は疑わしげな声を出した。

自信たっぷりに稲垣は言葉を続けた。

「あ、むろんタクシーも使っていませんよ。どだい、椿家さんまで田丸を殺しにタクシーで往復する馬鹿はいませんよね」

あざ笑うように稲垣は言った。

タクシーの利用は裏を取るのは簡単だろう。夜間、芦ノ湖周辺に流しのタクシーがいるわけはない。近隣のタクシー会社に迎車を頼むしかないはずだ。

「よくわかりました」

康長ははっきりと答えた。

旗を巻くしかなかった。

「わかって頂けてよかったです。ほかになにかお尋ねはありますか？」

やわらかい声で稲垣は尋ねた。

「いえ、今日のところはありません」

「驚きましたよ。刑事さんっていうのは、どこまでも人を疑うもんなんですね」

稲垣はからかうように言った。

「はぁ、それで人に嫌われるわけです」

康長は苦笑いしながら答えた。

「なるほど……ね」

稲垣はゆったりと微笑んだ。

礼を言って、春菜たちは喫茶店を出た。

店を出るなり、康長はいらだたしげに叫んだ。

「飲んで帰ろう」

「ええ、飲みましょ」

春菜はなだめるように言った。

結局、昨夜と同じ小田原の海鮮料理屋に立ち寄ることになった。

ジョッキを交わしても、康長は考え込んでいた。

「やっぱり、稲垣さんは関係ないんじゃないんですか」

「わからん」

康長は例によって声を高めた。

「またそれですか……でも、アリバイは完璧でしたよ」

春菜はなんとなく違和感を覚えていたが、あえてそのことには触れなかった。

「そこなんだ。完璧すぎるのが気にいらんのだよ」

「どういう意味ですか？」

「さっき初めて稲垣を被疑者扱いして問い詰めたわけだろ」

「ええ、そうですよね」

「ふつうの人間だったら、刑事に殺人犯扱いされたらどうなる？」

「強気な人間なら怒りますよね。ほとんどの人はビビります。どっちにしても必死で否定し始めるか沈黙する」

少年と成人は違うかもしれないが、かつて江の島署で取り調べを行った少年たちに共通した態度だった。

「それがふつうだ。ところが稲垣は怒鳴り始めるどころか、こっちが訊きもしないのに、自分のアリバイを滔々と喋り始めた。しかもよどみなく完璧にな。不自然だと思わないか？」

康長は春菜の顔をじっと見つめた。

「実はわたしも同じ違和感を覚えていました」

春菜の違和感は康長と同じものだった。

「理路整然と俺たちに提示してきた。しかも想定問答らしきものも用意していたようにさえ思える」

康長は眉間にしわを寄せた。

「逆に言うと、きちんとアリバイを用意していた。つまり、稲垣さんは最大級に怪しいですよね」

言葉にしながら、春菜の胸はドキドキしてきた。

「いい感覚だ。あのアリバイを稲垣が主張し始めた時点で、ヤツが俺の被疑者リスト第一位に浮上した」

声をつよめて康長はうなずいた。

「稲垣さんのさっきのアリバイ主張の裏は取るんですよね」

「あたりまえだ。明日は捜査本部のなかから何人か引っ張って手分けして裏取りする。後で細川の記録を写真に撮って送ってくれ」

康長の声には張りが戻っていた。

「了解です」

春菜も元気よく答えた。

「裏取りするなかで、なにかが見つかるはずだ。稲垣が主張するアリバイを崩す手がかりが見つかればきっと追い詰めることができる」

　力を込めて、康長は言葉を継いだ。

「しょせん、強行犯は素人だ。たとえば計画的な殺人を人生で二度やる人間はほとんどいない。どんなに知恵を使ってもふつうは一発勝負なんだよ。だからどこかに必ず穴がある」

「その穴を見つけるのがわたしたちの仕事なんですよね」

「そうだ、俺たちはプロなんだ」

　静かに言う康長の顔は誇りに満ちていた。

　春菜は、その顔を美しいと思った。

　自分も仕事へのたしかな自信を持ちたいと思いつつ、春菜はジョッキを傾けた。

　この先の捜査の展開に期待しているのか、春菜の胸の鼓動は速まっていた。

2

　康長が専門捜査支援班に現れたのは、翌々日の午後だった。

　赤松班長を含めて、ほかのメンバーは出払っていた。

「なんだ、名探偵大友警部は留守か？」

がらんとした島を見て康長が訊いた。

「ええ、所沢市内の大学の先生のところに行ってます」

「まぁ、ヤツがいなくても困りゃしないがな」

「この前は助かったじゃないですか」

康長はあいまいに笑った。

「裏取りがひと通り終わった」

どこか康長の表情は固かった。

刑事総務課に許可を取って、春菜は小会議室を借りて康長を連れて行った。

康長はまたもペットボトルの緑茶をテーブルの上に置いた。

「気を遣わないでください」

「気は遣うさ。さんざん引っ張り回してるからな」

「仕事ですよ。それに……」

「本部にいるより、外へ出たほうが楽しいか」

「えへへ……そんなことないです」

春菜は笑ってごまかした。

「結論から言おう。稲垣のアリバイはすべて裏が取れた」

厳しい顔つきで康長は告げた。

「そうですか……」

春菜の声はかすれた。

「まず、稲垣は事件当日に箱根の森ホテルで開催された『箱根温泉シンポジウム』で、間違いなく本人の言うとおりの役割を務めている。まず温泉学会がチャーターしたマイクロバスで箱根湯本駅から会場まで移動している。三時半に湯本でスタッフと待ち合わせしているんだ。四時半には会場で受付業務に就いていて、五時からの基調講演でも六時からの公開討論会でも役割を務めている。すべて複数スタッフから目撃証言が取れている。シンポジウム終了後には八時一五分に会場を出るチャーターバスに乗って箱根湯本駅には八時五五分に到着している。さらに九時二五分に同僚がクルマを返しに来ているのも本人の主張通りだ。これも同僚の証言が得られた」

冷静な口調で康長は説明したが、表情には悔しさがにじんでいる。

「七時から八時の間はどうなんですか」

肝心なのはその一時間だ。

「稲垣は懇親会の司会や会場係の仕事はしていないので、七時からの目撃証言はない。というのもビュッフェ形式で軽食や酒が出たのでほとんどの者が飲み食いに夢中だったからだ。

しかも花火が七時一〇分頃から打ち上げられたので、出席者たちはそちらに意識を向けていた。稲垣がいたかどうかを証言できた者はいない。少なくとも閉会時刻の一〇分前、つまり七時五〇分には会場にいたという目撃証言が取れている」

平らかな表情で康長は淡々と説明した。

「つまり、五〇分間の中抜けは可能だったということでしょうか」

「論理的には可能だ。だが、中抜けをしても、稲垣が五〇分で現場を往復することは不可能なんだ」

「稲垣さんが誰かからクルマを借りたり、あるいはバイクなどを持っていたら可能ですよ」

一昨日から春菜はずっと稲垣のアリバイ崩しを考えていた。

「実は稲垣は50 ccのスクーターを所有している。あえて俺たちには言わなかったようだがな」

康長は淡々と言った。

春菜はこころのなかで快哉(かいさい)を叫んだ。

「だったら五〇分での往復は可能ですよ。自分でもナビサイトで調べてみましたが、箱根の森ホテルと椿家の距離は、国道1号から小涌谷経由で約一二キロくらい。芦ノ湖東岸の県道75号経由で一四・五キロ程度です。時速四〇キロなら一二キロは一八分ですよ。一四・五キロだとしても二二分くらいです。原付はもっと速く走れるかもしれないです。リミッターが効くのは時速六〇キロですから」

春菜は大きく声を弾ませた。

原付に関しては少年係時代に得ている知識だった。

「調べていたのか」

康長は目を見開いた。

「ええ、ずっと考えていました」

「驚いたな」

「いまのわたしにとって圧倒的に大事な仕事ですから。大友さんの指摘通りだとしたら犯行には一〇分も掛からないと思います」

春菜は勢い込んで言った。

「そうだな、二度目の回収は別として、一度目はスペアキーで脱衣小屋の鍵を開け、ジムニーのキー、財布、スマホ、脱衣小屋の鍵を奪ってポンプアップの電源を切る。外へ出てジムニーを移動する。宿の返却ポストに鍵を返すだけだ。一〇分でじゅうぶん可能な犯行だ」

「だったら、稲垣さんのアリバイは崩れたのではないですか」

ほんの一瞬、康長は黙って春菜の顔を見た。

やがてさえない声で康長は答えた。

「残念ながら、細川の仮説は成り立たないんだ」

「なぜですか？」

春菜には納得がいかなかった。

「交通規制だよ」

康長は春菜の顔を見てぽつりと言った。

「え……そんなのがあったんですか」

春菜は冷水を浴びせられたような気になった。

「花火のおもな見物地点は仙石原だ。三方を山に囲まれて一方は芦ノ湖の湖岸という地形だ。各方向から観光客のクルマが流れ込むと大渋滞を起こす怖れがあった。とくに強羅の温泉街は道がかなり狭い。ここにクルマが溜まると二進も三進もいかなくなる。また、芦ノ湖東岸も同様だ。箱根神社付近は建物が密集しているし、その先に大型宿泊施設があるのに県道75号も非常に狭い。そこで、小田原署では箱根裏街道の国道138号線と芦ノ湖西岸の稜線上を通る芦ノ湖スカイラインの二本だけから仙石原の出入りをさせようという作戦に出ている。これは昨年から始めた交通規制らしい」

康長は変わらずに平らかな表情で話し続けた。

「それでどこを止めたんですか？」

「結論から言うと、五時半から八時半の三時間、小涌谷付近で県道732号と734号の進入規制をし、箱根神社第二鳥居付近で県道75号の侵入規制を行った。もし、稲垣が原付を使ったとしても、この三箇所の規制のために、いま細川が指摘したふたつのルートは使えないんだ」

「そうだったんですか……」

春菜は肩を落とした。

「ああ、国道138号線で地域の東端にある仙石原交差点に出てから、湖尻まで仙石原を突っ切らなきゃならない。そこから、県道734号を上ってようやく椿家に辿り着く。ざっくり言うと箱根の東側を半周しなくちゃならない。交通渋滞を考慮に入れなくても、片道小一時間はかかるはずだ。とてもではないが、七時から五〇分で往復なんてできない」

康長は小さく首を横に振った。

「もしかして……」

自分の推論を春菜は言おうか迷った。

「なんだ、言ってみろ」

「稲垣さんは、この交通規制について知っていたはずですよね」

「そうだな、箱根町役場の商工観光課の吏員が知らないはずはない」

「だとしたら、稲垣さんはわたしたちが必ずこの交通規制について調べると予測していたのではないでしょうか。だから、原付のことも交通規制のこともひと言も口に出さなかった……」

「おそらくはそうだろうな。我々ががっかりしているのを想像していまごろ楽しんでいるかもしれない」

「さすがにそれはないと思いますけど、自分から言うより警察に勝手に調べさせたほうがアリバイの信憑性が上がると考えたのかもしれません」

「そうかもしれない。まぁ、俺も一昨日はかなり厳しめに問い詰めたから、多少の仕返しはしたいだろうさ」

康長はのどの奥で笑った。

「あっちに行っても壁にぶつかり、こっち行っても壁にぶつかる。浅野さんはこんなアリバイ、ほかに知っていますか？」

「いや、こんなに念入りなアリバイは経験したことがない。箱根外輪山の内側一帯を使いまくったアリバイだもんなぁ」

詠嘆するような声で康長は言った。

「そこで不自然に思うことがあるんですよ。どうしてこんなに都合のよい日に田丸さんは椿家の露天風呂に入っていたんでしょうか」

「そりゃ、冬花火が見たかったからだろ」

「もちろんそうなんですけど、お風呂からの冬花火を見たくて、田丸さんはたまたま二月二日に椿家さんの露天風呂を予約したんですかね。交通規制は知っていたんでしょうか。知らなかったら、七時には間に合わなくて花火も見られないはずですよね？」

「つまり……なにが言いたい」

けげんな顔で康長は春菜を見た。

「三ヶ月前の予約開始日に田丸さんの予約が入ったって女将さんは言ってましたよね」

「そうだな。朝一番に電話してきたんだったな」

「その予約を入れたのって本当に田丸さんなんでしょうか」

「どういうことだ？」

真意が康長には伝わらなかったようだ。

春菜は言葉を重ねた。

「田丸さんの名前で、稲垣さんが入れた予約なのかもしれません」

「そうか……あの女将さんなら気づくはずないな。稲垣が田丸の名前で電話を掛けてきたと

して も……」

康長はぽんと手を打った。

「それで後日、稲垣さんは田丸さんに『日曜日なのに自分はシンポジウムの仕事が入ってい けなくなった。代わりに入ってくれ』とか言って予約の権利を譲るふりをしたのではないで しょうか。だとすれば、その際に交通規制情報なども伝えていたかもしれません」

「なるほど、そうだな……」

「もし、本当に稲垣さんが犯人なら、ふたりの交流はどこかで再開していたはずです」

春菜はほぼ確信していた。

「それが今回の動機と関わっていそうだな」

「なんだかぼんやりと見えてきました。今回の事件の骨組みが……」

「本当かよ」

信じられないという顔つきで康長は言った。

「まだ薄ぼんやりとなんですけど……それで浅野さん、調べて頂きたいことがいくつかあり ます」

「おう、昨日と同じ連中を引っ張っていって調べさせるよ」

康長は文字通り胸を叩いて請け合った。

春菜は自分の考えをもう一度振り返ってみた。
否定すべき要素は見つからなかった。
春菜の胸はドキドキと高鳴っていた。

3

稲垣の自宅は箱根湯本温泉の最奥部と言ってよい地域にあった。
四〇軒以上の温泉旅館を擁する湯本温泉も、ここから奥には数軒しかなかった。
箱根登山バスの奥の茶屋バス停の近くで、まわりを山に囲まれた静かなエリアだった。
裏側には早川の支流である須雲(すくも)川の清流が流れている。
二階建てのアパートは真新しくこぎれいだった。
春菜と康長は午後七時過ぎにドアチャイムを押した。
ドアスコープの前に人が立つ気配がすると、すぐに外側に開いた。
グレーのスウェット上下の稲垣だった。
「刑事さん……」
稲垣はかすれた声を出した。

「こんばんは、夜分にすみません」

春菜はにこやかにあいさつした。

「ちょっとお話を伺いたいんですが」

康長も恭敬な口調で頼んだ。

稲垣はこわばらせていた頰をゆるめて無理に笑顔を作った。

「まぁ、なかに入ってください。狭くて散らかってますけど」

入室を許された二人は、あいさつをして靴を脱いだ。

外観と同じように、新しくきれいな部屋だった。

右手にバスルームとトイレがあって、左手には小さなキッチンが設けられていた。キッチンは使っていないかのようにきれいだった。

その奥が八畳くらいの白いクロス張りのリビングだった。

ベッドルームは左の隣室らしく、木製の引き戸が空間を隔てていた。

高価な品ではなさそうだが、木目の美しい四人掛けのダイニングテーブルセットが部屋の中央を閉めていた。

掃き出し窓の向こうにはバルコニーがあるはずだが、紺色のカーテンが外の景色を隠していた。

った。

リビングはがらんとしている。右手のキャビネット書架くらいしか家具らしい家具はなかった。

部屋全体がきちんと片づいていて、稲垣の几帳面な性格を窺わせた。

「どうぞお掛けください」

言葉を掛けながら稲垣は窓を背にしてキャビネット側に座った。

正面に春菜が、隣に康長が座った。

「お茶が切れているんで……」

素っ気なく稲垣は言った。

「ああ、どうぞおかまいなく」

春菜は顔の前で手を振った。

「先日でお話は終わったと思っていたのですが、今夜はなぜ突然にお見えですか？」

迷惑そうな表情を隠しもせずに稲垣は訊いた。

「いくつか確認したいことが出てきました」

あたりさわりのない言葉を春菜は選んで答えた。

すでに春菜には今回の事件の筋道が見えてきていた。

自分の推理を話したら、康長は今日は春菜が稲垣に尋問せよと指示した。

稲垣を追い詰めるのはつらいことだが、真実を明らかにしてゆかなければならない。それが警察官のつとめなのだ。

「確認したいことってなんでしょう？」

口を尖らせて稲垣は訊いた。

「稲垣さんのご出身はどちらでしたっけ？」

春菜はゆったりと切り出した。

「え……なぜそんなことを訊くんですか」

稲垣の声がかすかに震えた。

「お答えになりたくなければよろしいですよ」

「また、どうせ調べてきているんでしょう？」

皮肉っぽい口調で稲垣は言った。

春菜は答えを返さなかった。

「高校までは福島県の会津若松市にいました」

稲垣は平らかな調子で答えた。

この情報は井上に確認を取ってある。

「それなのに神奈川県に就職なさったのですね」

「いけませんか？　大学が鶴見でしたからね」

稲垣は不快げに眉を寄せた。

「そうでしたね。会津若松市というと、あの有名な鶴ヶ城の近くですか？」

答えがノーであることを春菜は確信していた。

「いえ、その頃の僕の実家は会津若松市でも湊町という場所で猪苗代湖畔でした。磐梯山がよく見える土地です」

なつかしいというより、警戒心を漂わせた表情で稲垣は答えた。

「安達太良山も見えたのではないですか」

春菜の問いに稲垣は不意を突かれたように一瞬、身を引いた。

「そうです……よくご存じですね。福島市からの眺望は有名ですが、安達太良山が会津地方から見えることはあまり知られていませんが……そうです、実家からすぐの湖岸に出ると、左手には磐梯山が右手に安達太良山がよく見えました」

あきらめたように稲垣は答えた。

村上から安達太良山頂から猪苗代湖が見えると聞き、井上が稲垣は会津若松市の出身であると話していたことから、この答えは予想できていた。

「もしかすると、稲垣さんは安達太良山が見えるその土地を離れたくて、神奈川県に就職したのではないですか？」

短い沈黙があった。

「そうかもしれません。何度も言いましたが、事故のことは思い出したくないですからね」

稲垣は苦しげに答えた。

春菜は自分の考えが正しい方向であることを確認した思いだった。

「井上先生から伺いましたが、お母さまは箱根町のご出身だそうですね」

春菜は次の質問に移ることにした。

「ええ、僕が中学生の時に病気で亡くなりましたが、箱根の畑宿の出身です」

「畑宿は湯本温泉から箱根旧街道を須雲川沿いに遡ったところにある集落ですね。箱根寄木細工の発祥の地だとか」

「そうです。二〇〇年前に生まれた日本の伝統工芸のひとつです。僕の母方の祖父は寄木細工の職人でした。それで、母は若い頃は東京の百貨店で伝統工芸のコーナーで働いていました。そこで会津塗の職人の息子である父と出会ったのです。結婚して父の郷里である湊町にきたというわけです」

余計なことを喋ったかなという顔で、稲垣はちらっと舌を出した。

「お母さまのご縁で、箱根町役場にお勤めになったのですね」

「はい、遠縁の者が役場にもおりますので採用試験を受けようという気になりました」

稲垣は素直に答えた。

「これも井上先生から伺いましたが、箱根町にお勤めの前は神奈川県の企業庁にお勤めだったとか」

「ええ、採用試験に受かったら、たまたま企業庁に配属されました」

表情を変えずに稲垣は答えた。

「企業庁というとメインは県営水道関係と水力発電関係のお仕事ですよね」

「神奈川県が経営する地方公営企業ということになります」

「どちらの部署にお勤めでしたか？」

春菜が問いを重ねると、稲垣の顔つきがこわばった。

「酒匂（さかわ）川水系ダム管理事務所です」

かすれ声で稲垣は答えた。

「どんな事務所ですか？」

「その名の通り、酒匂川水系のダムを管理する仕事です。丹沢湖のすぐ近くで、丹沢湖駐在所の近くにあります」

「管理事務所にいらしたときには、ダム巡視艇にも乗り組むことがありましたね？」

春菜は自信を持って問いを発した。

相良から《新緑の白川湖体験巡視》の話を聞けたおかげでこの発想が出てきたのだ。

「はい……」

消え入りそうな声で稲垣は答えた。

「あなたは二級小型船舶操縦士免許……海の普通免許とも言われるボート免許をお持ちですよね」

ふたたび稲垣は沈黙した。

「持ってます……」

稲垣はうつむいた。

このあたりの情報は、神奈川県企業庁から得ている。

いよいよ重要な質問をぶつけなければならない。春菜は気を引き締めた。

「小型ボートを使いましたね？」

つよい口調で春菜は問うた。

「なんの話ですか」

顔を上げて稲垣は春菜を睨みつけた。

「二月二日の話です。あなたはボートを使ったのではないのですか？」

負けじと春菜はつよい視線で見返した。

「意味がわかりません」

さっと稲垣は視線を逸らした。

「わたしが仮説をお話ししますから、最後まで聞いてください。間違っている部分があったら、後で伺います」

稲垣は返事をしなかった。

だが、額に汗が噴き出ている。

「あなたは七時に公開討論会が終わって懇親会が始まるとすぐに箱根の森ホテルを抜け出した。七時五分としましょう。数十メートルの距離にある箱根町箱根観光協会第一桟橋に停泊していたボートに乗ってあなたは箱根町港を離れたのでしょう。そうです。あなたは観光協会にも出入りしているから、ボートのキーのコピーを作る機会があったのでしょう。一五〇〇円くらいで作れるそうですね」

春菜は静かな声で言ったが、稲垣は貧乏揺すりを始めた。

「こちらで調べたところ、当日も係留してあった観光協会のボートは、全長五メートルほどの船外機型の小型艇です。でも、全周灯や航海灯ばかりでなく三〇〇万カンデラのサーチライトも備えています。だから、夜間航行は難しいことではありませんね。エンジンの回転を落として静かに航行しても、ほぼ対岸の湖尻港までは六・五キロほどです。一〇分は掛かりません。どこの桟橋に泊めたのかはわかりませんが、芦ノ湖釣りセンターあたりなら夜間は誰もいないでしょう。あなたは桟橋近くの駐車場か空き地にあらかじめ箱バンで原付バイクを運んでおいた。湖尻港から椿家さんの露天風呂までは五キロもありません。片道五分程度でしょう。ここまでに要する時間は一五分くらいです」

稲垣の呼吸は荒くなってきた。

「田丸さんはあなたから譲られた予約の権利を使って露天風呂からの花火見物を楽しんでいたのではないですか。あなたは前もって作っておいたスペアキーで露天風呂の脱衣小屋の木扉を開けて侵入し、田丸さんの洋服とジムニーのキー、スマホ、財布、宿が貸し出した鍵を盗みます。ついでに、温泉ポンプアップの電源を切り、温泉の供給を止めて湯温を下げると外へ出る。あなたは椿家の番頭さんの案内で、あの露天風呂の役場広報関係の写真を撮っていると言ってましたね。お湯がポンプアップされていることや、脱衣小屋などの構造はそのときにチェックしていたのでしょう。その後、木扉が開かないようにジムニーを移動します。それでも花火に興じている田丸さんは気づかなかったはずです。あなたはふたたびスクーターにまたがると、椿家さんの返却ポストに脱衣小屋の鍵を入れて、湖尻港を目指します。ここまでが約一〇分。ホテルを出てから二五分です。時刻は七時半。ちょうど花火がクライマックスの頃ですね。あなたは湖尻港に戻ってスクーターをどこかに駐めて、ふたたびボートに乗る。箱根町港の第一栈橋に戻るまでが一五分。経過時間は四〇分。あなたが会場に着いたのは七時四五分くらいでしょう。四五分かそこら、あなたは会場を離れていたのです。でも気づく人はいなかった……」

春菜は言葉を切って息を整えた。

稲垣はうつむいて苦しそうに鼻から息を吐いている。

「あなたは箱根町職員としてはひとりだけ参加していた。それもそのはず、箱根町は後援に名を連ねているものの、あなたはあくまでも個人として参加していたのです。スタッフの皆さんも町外の人たちです。あなたの顔を知る人自体がほとんどいなかったのではないですか。それから、あなたは日帰り参加の招待客たちとマイクロバスで箱根湯本駅に向かった。八時五五分にバスが着いたので、この家に帰ってきたのは、この前おっしゃっていたとおり九時過ぎでしょう。風景写真家の友人で同僚の大村さんが九時半頃にクルマを返しに来た。あなたは明け方前に箱バンで湖尻に向かい、原付を回収した。その足で椿家さんに向かい、露天風呂のジムニーを元の位置に戻し木扉を開けた。田丸さんが凍死しているのを確かめてから、ジムニーのキー、スマホ、財布を棚に戻して洋服を遺体のそばに散らばせておく。露天風呂に源泉をポンプアップしているモーターの電源をもとの状態に戻しておく。そのまま自分のクルマで自宅に戻ってすべては終わったわけです……稲垣さん」

声をあらためて呼びかけると、稲垣は反射的に顔を上げた。

「ここまでお話ししたことはわたしの想像ではありません。あなたが観光協会のボートのスペアキーを作ったことは裏が取れています。あなたはおそらく、当日の交通規制をわたしたちが調べると見越していたのでしょう。この規制でアリバイは完璧なものになると読んでいたのではないでしょうか。ですが、あなたはボートを使ったのです」

春菜の目を見つめる稲垣の両の瞳は小刻みに揺れている。

「あなたのアリバイは崩れました。あなたが田丸さんを凍死させたのです」

ゆっくりはっきりと春菜は言葉を突きつけた。

次の刹那だった。

稲垣はすっくと立ち上がった。

一瞬、春菜は何が起きたのかわからなかった。

左手のキャビネットの引き出しを開けた。

さっと手にしたのはウッドハンドルのアウトドアナイフだった。

刃渡りは一〇センチくらいだ。

「もうおしまいだっ」

裏返った叫び声が響いた。
稲垣はナイフを右手で握りしめて自分の首に近づけてゆく。
ブレードがギラリと光って春菜の目を射た。
春菜は迷わず立ち上がった。
次の瞬間、フローリングを蹴ってテーブルに上った。
右脚を高く蹴り上げる。
風がうなった。
稲垣の前腕を、足の甲で力いっぱい蹴った。
「うわっ」
稲垣はナイフを放り出した。
床にナイフが転がる鈍い音が響いた。
仰け反った稲垣は掃き出し窓に背中を打ちつけた。
春菜の右脚はテーブルに戻った。
「浅野さんっ」
「わかったっ」
康長は素早くテーブルの反対側に廻った。

続けて床からナイフを拾い上げ、キッチンへと放り投げた。

背中に廻った康長は稲垣を羽交い締めにした。

「馬鹿なことはしないで」

春菜は声を限りに叫んだ。

「俺はもう終わりなんだ」

手足をばたつかせ、わめき声を上げた。

「やめろっ」

康長は力強い声を出した。

だが、稲垣は暴れ続ける。

「そんなことをして菜津美さんが喜ぶと思うのっ？」

稲垣の目が大きく見開かれた。

「天国の彼女だって悲しむよ」

木偶（でく）人形のように稲垣の両手から力が抜けた。

「座れっ」

康長が怒鳴ると、稲垣はおとなしくもとの席に座った。

「また暴れるなら手錠掛けるぞ」

低い声で康長は脅しつけた。

「いえ……もう暴れません」

蚊の鳴くような声で稲垣は答えた。

まるで憑き物が落ちたようだ。

もとの席に春菜も座り、康長は稲垣の隣に座った。

外で雨が降り始めたのか、屋根を打つ雨音が聞こえ始めた。

稲垣は放心したように黙って座っている。

春菜はゆっくりと口を開いた。

「あなたは森川菜津美さんを深く愛していたのね」

稲垣ははっと顔を上げた。

「やっぱり、そうなのね」

くっというような音が稲垣ののどから響いた。

春菜は稲垣が声を発するのを待った。

やがて稲垣は春菜の目をしっかり見据えた。

「あいつは菜津美を殺したんだ……」

低く暗い声だった。

「田丸さんのことを言っているの？」

目を伏せて稲垣はうなずいた。

「井上さんは田丸さんと森川さんが交際していると言っていたのだけれど……」

憂うつに沈んだ目で稲垣は春菜を見た。

「あの年の春だった。おぼろ月夜だった。夜遅くに俺の部屋のドアを叩く音が響いた。ドアを開けると、菜津美が立っていた。目の下に青いあざがあって、唇が切れていた。田丸はひどい男だった。気に入らないことがあると、すぐに手を上げるんだ。俺は菜津美に言った。『陽の当たるところに出てこいよ』ってね。菜津美は泣いた。『雨なんてもう降らないね』って泣いた」

少しずつ稲垣の声に力が蘇ってきた。

「その夜から菜津美が俺の部屋に転がり込んだ。田丸が来るかもしれないから部屋には戻りたくないって言って……。菜津美は田丸の子を宿したことがあるんだ。だが、妊娠の事実を伝えると、田丸は堕ろせの一点張りだった……菜津美は深く傷ついたんだ。そのことでも俺は田丸を許せないでいた」

暗い憎悪が稲垣の瞳で燃えていた。

「そうだったの……」

春菜の声は乾いた。

田丸のあまりの身勝手さに、春菜のこころにも怒りが湧き上がった。

「あいつはやさしい女だった。かしこい女だった。つよい女だった。一緒に暮らしていて、俺自身もこころが澄んでゆくようだった。結局、菜津美は田丸に手紙で別れを告げた。あきらめたのか、飽きたのか、面倒になったのか、田丸が菜津美にちょっかいを出すことはなくなった」

「田丸さんは、あなたと菜津美さんが交際し始めたことを知っていたの？」

稲垣は首を横に振った。

「いや、ヤツには言わなかった。田丸だけじゃない。俺は菜津美とつきあっていることはみんなには黙ってた。なぜかな……よくわからない。照れくさかったんだろう。一ヶ月くらいはサークルにも顔を出さなかったふたりだけど、みんなが心配し始めたんで、また顔を出し始めた。田丸の顔を見るとムカついたが、あいつは菜津美とのトラブルや別れなどなかったかのように振る舞っていた。俺たちが逃げ隠れする必要はないのだから堂々としていようと、ふつうにサークルのたまり場に通った」

稲垣はほっと息をついて続けた。

「俺と菜津美は将来を共にする約束をした。俺が卒業したら結婚しようと誓い合った。恥ずかしい話だけど、バイト代を貯めて婚約指輪もどきをプレゼントした。だけど、サークルのヤツとかに見つかるとうるさいから外しとけって言っといた」

稲垣はポケットからゆっくりと銀色に光る指輪を取り出して春菜に見せた。

部屋の灯りに小ぶりのダイヤモンドがきらりと反射した。

「いつも持っていたのね……」

春菜は驚くとともに胸の奥底が痛んだ。

「ああ、ご両親が遺品の整理をするときに手伝ってね。こっそり持ち帰ったんだ」

「それからずっと……」

力なく稲垣はうなずいた。

「その頃からまじめにふたりで将来の夢を語り合うようになった。結局、二人そろって臨床心理士になりたいという話に落ち着いた。こころの悩みに苦しむ人たちの助けになりたいってふたりとも真剣に思ってた。だけど、そのためには指定大学院などに進まなきゃならない。ふたりともそこまで実家は豊かじゃないから、まずは公務員になって金を貯めてから退職して大学院に進もうって話になった。それでふたりとも公務員試験の勉強を始めた。福島県が第一志望だった。俺が一年先に福島県に受かったら、菜津美も受けるって言っていた。俺は秋くらいから真剣に法律や一般常識の勉強を始めた。予備校には通わず独学だった。彼女はバイトして金を貯めようとしてた。将来に備えようとしてたんだ。ふたりともサークルにはほとんど顔を出さなくなっていった。二人にはあたたかい家庭と明るい未来が待っていると思っていた」

稲垣の両の瞳が蔭った。

「だが……あの悪夢の合宿がやって来た。あの合宿を最後に俺たちはサークルを休むつもりだった。その前の秋の合宿にも行かなかったんだ。ただ、仲よくしていた井上やほかの連中にもさよならを言いたくてあの合宿に参加してしまった……俺は……俺は馬鹿だった……」

稲垣は言葉を途切れさせた。

春菜の瞳もじわっと潤んだ。

「あなたのつらさはよくわかる……」

しばらく稲垣はうつむいていた。

涙も流さず、声も上げない。それでも稲垣は泣いているのかもしれなかった。

やがて稲垣は春菜の目を見て口を開いた。

「それからは気が抜けたようになった。臨床心理士を目指そうという将来もどうでもよくなった。逆に心理学を学ぼうとすると、菜津美の顔が思い浮かぶんだ。そうさ、トラウマっていうヤツだ。細川さん、さすがだよ。俺は猪苗代湖の向こうに見える安達太良山が堪えられなくなった。だから、郷里には戻れなくなった」

稲垣は唇を歪めた。

「それでも食ってかなきゃならないから神奈川県に入った。だけど酒匂川水系ダム管理事務所に配属されてからのダム管理の仕事は、俺にとっては退屈すぎた。いいことと言えば、それこそボートの操縦技術を身につけたことくらいかな。だから、箱根町を受けた。おふくろの郷里だし、もう死んでるけど祖父(じい)ちゃん祖母(ばあ)ちゃんの住んでた土地だ。俺のもうひとつのルーツだからな。だが、職員として温泉に関わる仕事に就かなきゃならないのはつらかった。事故のことを思い出す。でも、自分の母を産んだ土地を嫌いたくはなかったから頑張って働いた」

「そんなところに田丸さんが現れたのね」

「田丸が俺の前に現れたのは一昨年の冬だった。あいつは温泉マニアだから、なんかのテレビ番組で俺がインタビューされてたのを見て箱根町の職員になったと知ったそうだ。菜津美にDVしていた男だからいけ好かないが、遠いむかしの話だ。ふたりで酒を酌み交わしてむかしの話に興じた。だが、ヤツはとんでもないことを告白したんだ」

稲垣の瞳に怒りの炎が燃え上がった。

「いったいどんなことなの？」

「あの朝のことだよ」

「あなたと田丸さんと井上さんで露天風呂に行ったときのことね」

「田丸のヤツは泣きながら言った。俺はあの朝、露天風呂への道筋を示す道標をふざけて雪に埋もれさせたってな」

「なんですって！」

「そんなことをしたのか！」

春菜と康長は同時に叫んだ。

「あいつは帰り道で小便をしてくると言って、ちょっと戻ったんだ。俺と井上はかまわずに先を歩いた。寒くて立ち止まっていたくなかったからな。だが、田丸のヤツは小便をしに行ったんじゃなかった。道標のまわりに雪を寄せて埋めてしまったんだ。宿が作っていた幅三〇センチ程度の木製道標だったから、埋めるのはたいした手間じゃなかっただろう」

「なんのためにそんな馬鹿なことをしたんだ」

康長の声にも怒りがにじんでいた。

「単なるイタズラさ。俺たちしか宿泊客はいないし、次に入るのはたぶん菜津美だ。田丸は単に自分を捨てた菜津美を困らせようとしただけだった。俺はその言い訳は信じた。俺たちはもちろんだが、宿の人たちも警察も消防も誰もあのガス地獄のことを知らなかった。だから、ガスについての警告表示板もなかった。まさか、菜津美が硫化水素の地獄に迷い込むとは田丸だって予想もしていなかったはずだ。だけど、俺があのとき、気づいていれば……」

稲垣はテーブルに額を打ち付け始めた。

「やめなさいっ」

春菜は叫んだ。

康長が稲垣を羽交い締めにした。

「ヤツはなんで俺に告白したと思う？」

稲垣はどす黒い怒りがうず巻く目で春菜を見た。

「わからない。なぜなの？」

「自分が楽になりたいからさ。あいつは一二年間罪の意識にさいなまれていた。何度も菜津美が倒れている光景を夢に見たと言っていた。だが、俺は本気では信じていなかった。そんなに苦しいなら、なぜ温泉インフルエンサーなどと呼ばれて得意になっているんだ？　温泉から離れて生きていけばいいんだっ」

「そうかもしれないね……」

「だいたい田丸が俺に告白したのも、自分が罪に問われなくなったからなんだ」

吐き捨てるように稲垣は言った。

「そうか、この場合に適用される法条は最高でも重過失致死傷罪であって殺人などではない。時効は一〇年だ……」

康長がうなった。

たしかに、田丸の行為に殺人罪を適用することは不可能だ。誰もが硫化水素の存在を知らなかったのだから、未必の故意としても殺意を持っているとは考えようがない。

「勝手な男だと思わないか。ヤツは最後まで俺と菜津美の関係を知らなかった。だが、そうであるにしても、そんな重い告白を受けた俺の気持ちなんてひとつも考えていなかったんだ。菜津美とつきあっていたときのDVでもわかるようにヤツは自己愛性パーソナリティ障害なんだよ。自己を客観視できず、自分は他者より優れて偉大な存在でなければならないと思い込んでる厄介な男さ。自己愛が強いから、支配できる他者に対して優越性を保つことによって精神の安定を保っているヤツなんだ。だから、暴力によって菜津美を支配した。その支配がうまくいかなくなって、あんなどうしようもないイタズラをした。そのせいで、そのせいで……菜津美は死んだ。こんなことを許しておけると思うか？」

稲垣は歯を剥き出した。

「本当なら、さっきのナイフでひと思いに刺し殺してやろうと思った。だが、あんなクソのために俺が刑務所に行くのは馬鹿げてる。それに、ヤツにはもっと苦しみを与えたかった。

だから、ひと晩寒い思いで苦しめてから殺してやったのさ。ははは、いい気味だっ。あいつの死に顔を思い出すだけで酒が美味くなる」

稲垣はさも愉快そうに笑った。

その顔には罪の意識はひとかけらも感じられなかった。

「悲しいよ。そんなの」

春菜はつぶやくように言った。

「細川さん、あなたにはわからないんだよ。俺の気持ちは……。自分より大切な、生き甲斐のすべてだった菜津美を殺され、ふたりの人生を踏みにじられたんだ。あなたはそんな目に遭ったことはないだろう。だから俺の気持ちがわかってたまるか」

稲垣は食って掛かった。

「わからない……わからないよ」

春菜は言葉を失った。

稲垣はあまりに深く傷ついている。

ふつうの倫理観を春菜は口にできなかった。

しばらく黙っていた稲垣の顔からすーっと怒りや憎しみの影が消えた。

「こうなった以上、もう無駄なことはしない。逮捕してください」

稲垣は両の手首を内側で合わせて、手錠を掛けろという風に突き出した。

「一緒に来てもらおう。きちんと小田原警察署で逮捕する」

康長は宣告するように言った。

緊急逮捕ができる要件を備えているかもしれないが、稲垣に逃亡するようすもないからには、任意同行で警察署に来てもらって逮捕状の発行を受けてから逮捕すべきであろう。

「たしか、少額の金は持っていってもいいんでしたよね」

「ああ、大丈夫だ。係官がいったん預かるがな」

「そこのキャビネットのいちばん上の引き出しに、財布が入っていますから取ってもらえますか。僕が開けようとしたら、また心配するでしょ？」

「ちょっと待ってて」

引き出しを開けると、茶色いレザーの長財布が入っていた。

「あったよ」

春菜は財布を稲垣に渡した。

「差し入れしてくれる人がいないんですよ。留置場内でも石鹸、歯ブラシや封筒、葉書、切手などは買えるんでしたよね」

「よく知っているな……」

康長はあきれ声を出した。

「こうなったときのために調べてありますから……それから当番弁護士さんを呼んで頂きたいです」

用意周到な稲垣らしい。

「わかった。小田原署に着いたら、係の者に伝える。だが、まだ逮捕したわけじゃないから、もう一度係官に申告してくれ」

「わかりました……さぁ、ではお二人さんよろしくお願いします」

稲垣は深々と頭を下げた。

春菜、稲垣、康長の順で三人は玄関を出た。

いつの間にか雨は止んでいた。

稲垣は玄関に施錠をした。

表の道に一台のシルバーメタリックのセダンが停まっている。

屋根に赤色回転灯は見当たらないが、康長が手配していた小田原署の覆面パトカーである。

春菜たちが階段を下りてゆくと、助手席から黒いスーツ姿の男が降りてきた。

「お疲れさまです」

男は静かに声を掛けてきた。

丸顔の人のよさそうな三〇代半ばくらいの、いが栗頭は、小田原署刑事課強行犯係の内田巡査部長だった。

「自白が取れました」

「そうですか、とりあえず移送します」

康長と内田は短いやりとりをかわした。

「ああ、内田さん、こんばんは」

「細川さん、まさかこんなに早く再会できるとは思いもしませんでしたよ」

「あんまりいい再会じゃないですけどね」

「警察官同士の再会なんて、いい場面はあんまりありませんよ」

内田は苦笑いを浮かべた。

「では、内田さん、小田原署までお願いします。わたしたちもすぐ後から行きます」

「了解です、では後ほど」

内田はまじめくさってうなずいた。

後部座席に乗り込む稲垣が顔を上げて春菜を見た。

「細川さん、最後に教えてください。さっきの回し蹴り……まるで特撮ヒロインでしたよ。格闘技でもやってたんですか？」

「わたし、大学でチアリーディング部だったの。これからのあなたを応援してるよ」

「ありがとう……助けてくれて」

稲垣は小さく頭を下げた。

後部ドアを閉めた内田が助手席に乗り込むと、覆面パトカーはすぐに動き始めた。

テールライトが小さくなって坂を下っていった。

「初めて見たが、細川の足技すげぇな」

康長は舌を巻いた。

「いや、ナイフを見て反射的に出ちゃったんですよ」

「しかし身軽なもんだな。稲垣も言ってたけど、特撮ヒロインみたいだ」

まじめに康長は感心しているようだった。

「言いませんでしたっけ。わたしこんなに背が低いから体重もかるいんです。それでチア時代はトップポジションだったんですよ」

「まさに芸は身を助くだな」

「えへへへ」

春菜は照れ笑いを浮かべた。

奥の茶屋バス停で箱根登山バスの時刻を見ると、一時間に一本しかない。

「湯本の駅まで歩くしかないか」

「流しのタクシー来そうもないですね」

「二キロはあるぞ」

「下り坂ですし、温泉街のなかを帰れば楽しいでしょ」

「そうするか」

春菜と康長は箱根旧街道を歩き始めた。

すぐに湯場滝通りの分岐が現れて、二人は須雲川の河畔地域へと道を下り始めた。

稲垣を尋問して真実を明らかにしている間は無我夢中だった。

だが、いま春菜はたとえようのない空虚感に包まれていた。

きまじめな稲垣の菜津美への深い愛と田丸への激しい憎しみ……。

悲しい情念は、春菜のこころに暗い影となって忍び寄ってきた。

こんな悲しい手段しか稲垣は選べなかったのか。

いたたまれない気持ちが春菜を包んでいた。

だが、この思いに応えるのが自分の仕事なのだ。

春菜は黙って温泉街に揺れる灯りを眺めながら歩き続けた。

温泉街の上の夜空に、銀紗（ぎんしゃ）をひろげたような無数の星が瞬いている。

須雲川のせせらぎに混じって、カジカガエルの鳴き声がフィフィフィともの淋しく響き続けていた。

この作品は書き下ろしです。

神奈川県警「ヲタク」担当　細川春菜2

湯煙の蹉跌

鳴神響一

令和3年12月10日　初版発行

発行人――石原正康
編集人――高部真人
発行所――株式会社幻冬舎
〒151-0051東京都渋谷区千駄ヶ谷4-9-7
電話　03(5411)6222(営業)
　　　03(5411)6211(編集)
振替00120-8-767643
印刷・製本―株式会社　光邦
装丁者――高橋雅之

幻冬舎文庫

ISBN978-4-344-43144-7　C0193　な-42-7